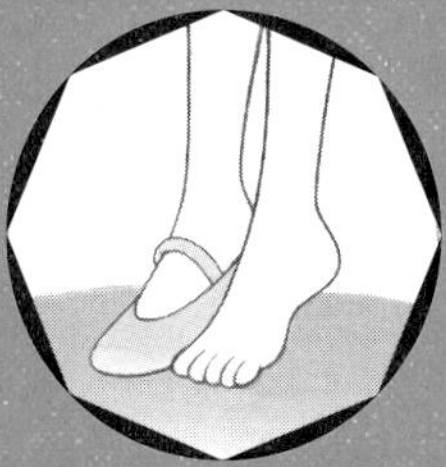

ずっとそこにいるつもり？

古矢永塔子
Toko Koyanaga

集英社

目次

ずっとそこにいるつもり?

あなたのママじゃない

あ。と思ったときにはもう、桜色のカーディガンは横断歩道を渡って行ってしまった。追いかけようと前に踏み出した瞬間、歩行者信号が赤に変わる。勝間弥生《かつまやよい》は、肩からずり落ちそうなトートバッグの持ち手を引っ張り上げ、通りの向こうに目を凝らした。

午後九時過ぎ、三鷹《みたか》駅前の交差点。ダークトーンのスーツやコートが足早に行き交うなか、その背中は、アスファルトの上に一枚だけ舞い落ちた桜の花びらのように鮮やかだった。決して派手な色ではないのに、目が吸い寄せられる。

小柄な背中は、迷いのない足取りでコンビニエンスストアに入ってゆく。自動ドアのガラス越しに、横顔がちらりと見えた。

間違いない。姑《しゅうとめ》の茉由子《まゆこ》だ。そういえば、夫の実家はこの辺りだった。

目を細めて身を乗り出した瞬間、後ろから体を押されてつんのめりそうになる。いつのまにか信号が青に変わっていた。動き出した人の波に背中を押されながら、弥生も横断歩道を進んだ。前を歩く大柄な外国人男性の体を盾にしつつ、恐る恐る茉由子の様子を窺《うかが》う。

白い電灯で隅々まで照らされたコンビニは、まるで巨大な水槽のようだ。茉由子はレジで会計を済ませると、窓際のイートインスペースに向かう。細長いテーブルの両端には、くたびれたスーツ姿の中年男と、紺色のブレザーを着た女子高生が座っている。茉由子はふたりから一席ずつ間を空け、ちょうど真ん中の席に腰を下ろした。コンビニ弁当のパッケージを剝がして蓋を開け、三ツ星レストランにでもいるかのように優雅な手つきで、安っぽいプラスチックのフォークを取る。

てらてらと油をまとったパスタが茉由子のフォークに巻き取られ、薔薇《ばら》色の唇の間に吸い込まれてゆく様を、弥生は呆然《ぼうぜん》と見つめた。

「……Pardon?」

「わっ！」

気が付けば、見ず知らずの金髪男性が背負う巨大なナイロンリュックにしがみつくような恰好《かっこう》になっていた。慌てて飛びすさり、すみませんすみません、と平謝りする。変な日本人を快く許してくれた彼の背中を見送ってから、弥生は回れ右をして、ツーブロック離れた場所にある会社へと急いだ。古い貸しビルにはエレベーターがない。踵《かかと》の擦り減ったパンプスで階段を上りながら、夫の友樹《ともき》に電話を掛ける。

「あれ？　弥生ちゃん、今日は泊まりじゃなかったっけ？」

夫婦になって五年も経《た》つというのに、友樹は、かつて大学の映画制作研究会の部室で過ごしたときと同じように、穏やかな声で弥生を呼ぶ。おい、とか、なぁ、とか、ぞんざいな呼び方をされたことは一度もない。

「友樹、最近、お義母《かあ》さんと連絡とってる？」

「しばらくとってないかな。この前、魚の煮付けの作り方を聞くのに電話したくらい」

充分最近だ。弥生は、先月友樹が友人から釣りたてのメバルを貰《もら》ってきた日のことを思い出した。あのときの煮付けは絶品だった。そうか、あれは姑のレシピだったのか。

「お義母さん、元気だった？」

「うん？　特に変わりなかったと思うけど。どうして？」

スマートフォンを耳に当てながら、弥生はすでに、勢いのままに友樹に電話を掛けたことを後悔していた。姑の思わぬ秘密を目撃した気がして、興奮していたのだ。

「えーーと、うちの会社、友樹の実家とわりと近いじゃない？　なのに、全然顔を出してないな、いいのかな、と思って」

「どうしたの急に」

声を聞くだけで弥生には、友樹が今どんな顔をしているかがわかってしまう。スクエア型の黒縁眼鏡のフレームの上で八の字になる眉や、無精髭《ぶしょうひげ》の生えた頬にできる深い皺《しわ》。ビッグスマイル、という言葉がぴったりの表情なのに、大きく開いた口からは、吐息のようにかすかな笑い声しか洩《も》れない。初めて会ったときから、その笑い方が好きだった。

「一回くらい、ちゃんとお家の方に挨拶に行かなきゃな、って思って」

「いいよ、そんなの。弥生ちゃんは忙しいんだからさ。この前ので充分だって」

「そうかな」

四ヵ月ほど前の、義父母との気まずい食事会を思い出す。友樹が予約したのは、恵比寿《えびす》駅からほど近い創作和食の店だった。テーブルの向こうに座った茉由子は、マナー教室のお手本のような所作で料理に箸をつけていた。茉由子が腕を動かすたびに、なめらかな素材の白いブラウスが波打ち、店の橙《だいだい》色の照明によく映えた。一方、開始から三十分遅れて到着した弥生は、三年前に量販店で買ったネズミ色のセーター姿で、肘と袖口に毛玉が密集していることに、コートを脱いでから気が付いた。

「そういえばさ」

電話の向こうの友樹が、たった今思い出したように言う。

「役所の手続きは済んだ？」

「ごめん、まだ行けてない……」

「俺、明日はバイト休みだから、代わりに行こうか？　ついでに荷物の仕分けも進めとくよ」

何気ない口ぶりを装うのは、弥生に気を遣わせないようにするためだ。昔から友樹は、早め早めに物事に取り掛かる。何しろ、引っ越しの日が三週間後に迫っているのだ。

「大丈夫。明日は昼過ぎに帰れると思うから、会社の帰りにちゃんと書類を出してくるよ。DVDと本とレコードの整理も、私の担当なんだから、ちゃんとやる」

「でも弥生ちゃん、これから徹夜だろ？」

「それくらい、私にだってちゃんとできるから」

うっかり尖《とが》った声が出た。ちゃんとできていないから心配されているのに。

「友樹ごめん、事務所に着いちゃったから、切るね」

明るい声で取り繕い、電話を切る。

雑居ビルの三階、スチール製のドアには、『株式会社クッドゥクー』の社名が入ったプレートが貼り付けられている。大手食品会社の調味料ブランドに名前が酷似しているが、れっきとした映画宣伝会社だ。社名の由来はフランス語の『coup de cœur（心臓の一撃）』。ひと目惚《ぼ》れだとかビビッときただとか、そういったニュアンスで使われる言葉らしい。ずいぶんとロマンチックだ。

無駄に重たいドアを押すと、煙草《たばこ》と汗と埃《ほこり》が混ざった臭いが鼻を突く。「戻りましたー」と声をあげると、書類や雑誌が乱雑に積み上げられた向こうから、社名の名付け親、隠れロマンチスト広岩《ひろいわ》の声がする。

「おい、この冷蔵庫の弁当、食っていいのか」

「いいわけがないですよね」

弥生はずかずかと奥に進み、小さな冷蔵庫の前でしゃがみ込んでいる広岩の手から、ハンカチにくるまれた弁当箱をひったくる。タイミングをはかったかのように、目の前のトイレで水を流す音がし、後輩の男性社員・柴田《しばた》が出てくる。

「だめですよ社長、勝間さんの愛妻弁当に手を出しちゃ」

「妻じゃなくて夫だけどね。それより柴田君、トイレから出てくるタイミングが早すぎない？ちゃんと手、洗った？」

去年の春、真新しいスーツで初めての自己紹介をしたときの清潔感はどこへやら、である。柴田は鳥の巣状にもみくちゃになった頭を掻《か》きながら、「あー、俺も夜食弁当を作ってくれる優しい彼女がほしいなー」と弥生の手許《てもと》を覗《のぞ》き込んだ。

「優し過ぎるのも困っちゃうんだけどね」

「はい出ました既婚者のノロケでーす。ごちそうさまでーす」

「おそまつさまでーす」

柴田に軽口を返しながら、弥生は電子レンジの扉を開ける。白いスープジャーがターンテーブルに載って回るのをぼうっと眺めていると、広岩が皮肉な顔で笑った。

「昼飯だけじゃなく夜食弁当か。毎日毎日、まめだねぇ。夫を通り越してオカンだな」

「そうですね。毎朝必ず、『忘れ物ない?』って訊《き》かれますし」

「勝間さんの旦那さんて、何してる人なんですか」

「……フォトグラファー」

邪気のない顔で訊いてくる柴田から目を逸《そ》らし、弥生は温まったスープジャーを持って窓際のデスクに戻った。「じゃあ、デザイン会社とかに良いツテないすかね?」という言葉は、聞こえないふりでやり過ごした。

ジャーの蓋を開けると、友樹お手製の具沢山豚汁の香りがする。アルミホイルにくるまれたおにぎりは、いつものように絶妙な力加減で握られている。友樹の作るおにぎりは特別においしい。だがあの大きな手が、おにぎりではなくカメラを包んでいるところを、弥生はもう長いこと見ていない。

窓の外に目を移すと、駅前の街並みの中に、コンビニのポール看板が見える。

茉由子はまだ、あの場所にいるのだろうか。オイルと添加物にまみれたパスタが、するすると茉由子の口に入ってゆく様子を思い返す。弥生の頬の内側に、じわりと唾液が滲《にじ》んだ。

慌てて目を逸らし、デスクの上で湯気をたてる豚汁に向き直る。後ろめたさを打ち消すように熱い汁をすすり、弥生は、丁寧に面取りされた里芋を口に入れた。


深夜二時、デザイナーから上がってきたポスターの最終チェックをし、朝一で印刷会社にデータを送ったあと、デスクに突っ伏して眠ってしまった。

「おはようございまぁす!」

アルバイトの専門学校生・愛田有紀《あいだゆうき》の声に、弥生はがばりと顔を上げた。

「弥生さん、また会社に泊まったんですかぁ。空気わるーい」

有紀はニット帽のポンポンを揺らしながら、事務所じゅうの窓を全開にする。新鮮だが寒々とした外の空気に、弥生は首を縮めた。

一年前に雑用全般のアルバイトとして雇われた有紀は、ぎゅっと結び固めたおにぎりのように顔が小さく、驚くほど手脚が長い。ヒップラインぎりぎりの丈しかないショートパンツから伸びる太腿《ふともも》が、弥生の起き抜けの目には眩《まぶ》しい。以前レザーのミニスカート姿でデスクを雑巾がけしていたときは、不要な書類の処分をしていた柴田が、ネクタイをシュレッダーの刃に巻き込まれそうになっていた。

「有紀ちゃん、寒くないの？」

「弥生さん、よだれのあとがついてますよ。顔、洗ってきてください」

華麗にスルーされ、給湯室に追い立てられる。デスクに突っ伏して寝ていたせいで、シャツの袖口の部分にファンデーションの色が移っていた。顔全体も脂ぎっている。

小さな洗面台で洗顔フォームを泡立てていると、すぐに有紀が「もう、最悪ぅ。くさ～い」と不平を言いながらやって来る。弥生の背後にある洗濯機の蓋を開けると、机や椅子に引っかかっていたシャツやタオル、床に落ちていた靴下やらを放り込み、凝ったネイルが施された指でスタートボタンを押す。出社して五分とたたずに、さくさくと用事を片付けてゆく有紀の働きぶりは、見ていて心地がよい。週二日といわず、毎日来てほしいくらいだ。

「社長と柴田君はまだですか？」

「昨日は十時から、シネマニアの人たちとの飲み会だったかな。出社は昼過ぎじゃない？」

「えぇ～、出版社の人との飲み会だったら、有紀も行きたかったですっ。シネマニアって、スズカケ出版の雑誌ですよね？」

「そうだけど、雑誌の中身は全部外注だから、社員さんはいないよ」

「なーんだ、期待して損したぁ」

「有紀ちゃんは欲望に忠実で清々《すがすが》しいね」

「夢を叶えるために邁進《まいしん》してる、って言ってくださーい」

服飾系の専門学校に通っている有紀は、卒業後はなるべく早く結婚して専業主婦になり、娘とお揃《そろ》いの手作りワンピースを着て港区《みなと》を闊歩《かっぽ》するのが夢なのだという。

時代だなぁ逆に、と思いながら、弥生は濡《ぬ》れた顔をタオルで拭った。洗面台の端に置かれたマグカップには、毛先が広がった歯ブラシが突っ込まれている。社長の広岩のものだ。歯磨き粉がこびりついたまま固まったブラシを見て、入社したばかりの頃はぞっとしたものだが、今や何も感じなくなってしまった。洗面所の四角い鏡を覗き込むと、歯磨き粉と唾が混ざった飛沫《しぶき》が、点々と散っている。

「有紀ちゃん、毛抜き持ってる？」

「ありますよー。ポーチ、取ってきますね」

「あ、やっぱり大丈夫」

口角の横に生えた濃い毛を、爪の先で摘まむ。力任せに引っこ抜き、弥生は、黒々とした湿った毛根を見つめた。有紀が目を丸くする。

「やだっ、なんですかそれっ」

「多分、髭。ホルモンバランスが崩れてるみたいで、いつもここから生えてくるんだ。昔、柴田君の席にいた女の先輩が言ってたんだよね。『弥生ちゃん、一度髭が生えてきた毛穴は、二度と産毛の毛穴には戻らないよ』って。そのときは『んなアホな』って思ったけど、本当だったよ」

有紀は、ずぶ濡れの野良犬を見るような顔をしてから、弥生の肩をきつく摑《つか》んだ。

「弥生さん！　有紀、弥生さんのことが大好きだから、あえて言うんですけどっ」

「女、捨ててるって？」

「捨ててはないかもしれないですけど、脱ぎかけの靴下みたいにズルズルになってます！」

「いっそ裸足《はだし》の方がマシかな？」

ははは、と笑ってみせると、有紀は痛ましげに眉を寄せた。

「奥さんが髭が生えるまで仕事してて、旦那さんは何も言わないんですか？」

「応援、は、してくれてるよ。もともと、ふたりとも映画が好きだから。付き合い始めたのも、それがきっかけだったし」

「ふぅん、理解がある旦那さんで、よかったですねぇ」

有紀は鼻白んだ顔で呟《つぶや》くと、洗濯機の横に押し込まれていた掃除機を抱えて給湯室を出て行った。

柴田の出社と共に、宅配便で来月公開の映画の販促物が届く。何件か電話でアポイントを入れ、弥生はポスターと大判のパネルを抱えて会社を出た。自宅に戻るついでに、映画館と出版社をいくつか回るつもりだ。

駅前の横断歩道で信号を待ちながら、コンビニのイートインスペースに横目を向ける。だらしなくネクタイをゆるめた若いサラリーマンが、ぽかっと口を開けてスマートフォンをいじっていた。いるわけないか、と肩をすくめ、三鷹駅から中央線の快速に乗り込む。

平日の昼前の車内は乗客がまばらで、優先席に座った老人のイヤフォンから、落語の声が洩れ聞こえていた。日の光が差し込む電車に揺られていると、昨夜コンビニで目にした姑の姿は幻だったのではないだろうか、と思えてくる。

あれは五年前、結婚を目前に控えた正月のことだった。初めて訪ねた友樹の実家は、古いがよく手入れされた一戸建てだった。新年の挨拶のあと、弥生は雑煮作りを手伝うために、茉由子と共に台所に立った。隅々まで掃除が行き届いた台所には、弥生が見たこともない調理器具や調味料が整然と並んでいた。鰹節《かつおぶし》を削ってくれるかしら、と頼まれて初めて『ああ、そういえば鰹節って、こういうカタマリだったっけ』と思ったものだ。

『おだしって、そんなふうにとるんですね』と感心する弥生を見て、茉由子は困ったように微笑《ほほえ》みながら『やっぱり、お仕事をしてると、パックのおだしに頼りがちになってしまうわよね』と言った。

おそらくフォローのつもりだったのだろうが、弥生が馬鹿正直に『いえ、うちのだしは顆粒《かりゅう》のやつです。あっちの方が味もついてておいしいし』と言ってしまったのがよくなかった。絶句した茉由子は、まるでエイリアンを目撃したような顔つきになっていた。

そのあと、食卓を囲んで雑煮を食べながら、友樹が昔からアレルギー体質であったこと、子供の頃から食材は無農薬、調味料は無添加で塩分控えめのものばかりを選んできたことなどを、露骨に話の端々に織り込まれた。要するに、うちの息子に変なものを食べさせないでね、ということだ。

それ以来、友樹が何も言わないのを良いことに、姑とも舅《しゅうと》とも疎遠になっている。五年間の結婚生活で弥生がふたりと顔を合わせたのは、片手で数えられる程の回数だ。だから正直にいえば、姑がどんな人物なのか、弥生はほとんど知らない。

だが、弥生の前であれほど食品添加物を糾弾していた茉由子と、コンビニのイートインスペースでパスタを幸福そうに口にしていた昨夜の茉由子は、どうしたって結びつかない。やはり人違いかもしれない。そうだ、そういうことにしておこう。ただでさえ、仕事とプライベートのごたつきで気持ちに余裕がないのだ。ほとんど交流のない姑の問題にまで首を突っ込んでいる場合ではない。

弥生の向かい側の座席では、同年代と思《おぼ》しき女性が、膝に赤ん坊を座らせ、うつろなまなざしで週刊誌の中吊《なかづ》り広告を眺めている。フリース素材のロンパースを着た赤ん坊の腰に添えられた手は、痩せて筋が浮き上がっていた。節くれ立った薬指からは、銀のリングが今にも滑り落ちそうだ。

そういえば、例の毛穴の先輩も、あんな手で赤ん坊を抱えていた。

残業も徹夜も接待麻雀《マージャン》も上等、会社に泊まり込むときは、弥生ですら触れるのをためらうような共用の寝袋にくるまっていたというのに、仕事が生き甲斐《いがい》だと言っていたのに、青い顔でトイレから妊娠検査薬を持って出てきて「しくじったわ……」と呟いていたくせに、出産後は別人のようになっていた。

久しぶりに事務所にやってきた先輩は、差し入れのパウンドケーキを頬張る弥生の眼前に赤ん坊を突きつけ、『弥生ちゃんも早く産んだ方がいいわよ、私ね、この子を産んで初めて、無条件に愛される喜びを知ったの』などとまくしたて、弥生を後じさらせた。先輩の目は、新宿駅《しんじゆく》で時々遭遇する『あなたのために祈らせてください』と食い下がる不気味な女と同じくらい、やばかった。そんな宗教お断りです、という言葉をすんでのところで呑《の》み込んで、弥生は、そうなんですね、わぁ可愛《かわい》いーと、引き攣《つ》った笑顔で赤ん坊の足をつついたものだ。

しかし最近では、同窓会でも同期の結婚式でも親戚の法事でも、同じことを言われる。『いつ産むの？　今でしょ！　今でしょ！』と急《せ》かされると、出産経験者は誰かに子供を産ませると政府にクーポンでも貰える仕組みになってんのか、と疑いたくなってしまう。

母親の膝に座っていた赤ん坊が、ぐるんと首を回して弥生に顔を向けた。無表情でじっと見つめられると、可愛さよりも不気味さが勝る。つぶらな瞳から、適齢期の女を洗脳するビーム、貴女《あなた》も子供が欲しくなる光線的なものが放たれている気がして、弥生は会社のロゴが入った紙袋で、さっと顔を隠した。

目黒《めぐろ》駅から徒歩十分の古いマンションは、弥生が父から相続したものだ。物心ついたときには両親は離婚しており、弥生は母と暮らしていたが、週に一度、父と面会をするのが決まりだった。物静かな父との会話が弾むことはなかったし、遊園地やショッピングモールに連れ出されることもなかった。夕方までの時間を、ただマンションでふたりきりで過ごした。

それでも弥生に不満はなかった。父と過ごす時間が――というより、父の部屋で過ごす時間が好きだった。廃材を組み合わせて作った本棚や、打ちっぱなしのコンクリートの壁。模様がわからなくなるほど踏みしめられた絨毯《じゅうたん》に寝転がったり、煙草の焦げ跡がついたソファにもたれたりしてくつろぐ時間が、大好きだった。

父が病気で亡くなったのは高校二年の終わり頃だったろうか。弥生が進学先をマンションの近くの大学に決めたのは、一人暮らしを始めるならあの部屋で、という思いがあったからだ。母が反対しないのをいいことになしくずしに住み着き、九年前に友樹と、友樹の飼い猫だったニキータがやってきた。五年前に友樹と夫婦になって、二年前に一緒にニキータを看取《みと》った。気が付けば、ひとりで越してきた日から、十二年が経っている。

川沿いの道を歩きながら、弥生は首を縮め、コートの襟に顎を埋めた。道なりに植えられた桜の木の蕾《つぼみ》も、同じように固く身を縮めている。

マンションに一歩近づくたびに、憂鬱な気持ちが増す。引っ越しが近づいているし、本とレコードとDVDの仕分けが弥生の担当だし、やると言ってしまった以上、やらなくてはいけない。仕事中はさくさく動けるのに、どうしてこんなに気が乗らないんだろう。ダメ人間か、と自分を叱咤《しった》する。そして結局、今日も役所に行けていない。

階段を上って玄関のドアを開けると、冷え切った鼻が温かい空気に触れ、ツンと疼《うず》いた。

「ごめんね、遅くなっちゃった」

「おかえり」

キッチンに立っていた友樹が振り返り、「弥生ちゃん、鼻が真っ赤だよ」と笑う。二分前までは帰りたくない、と思っていたのに、この笑顔を見ると、反射的にほっとしてしまう。

「あ、アンチョビだ。やったー」

コンロに掛けられたフライパンの上では、みじん切りにされたアンチョビと鷹《たか》の爪、ニンニクが、良い香りを立てている。

去年の夏の終わり、スーパーで買ったカタクチイワシをふたりで塩漬けにし、自家製アンチョビを作った。友樹が手早くイワシの身を手開きしてゆくのに対し、弥生は何度試してもすぐに身をボロボロにしてしまった。あまりの酷《ひど》い有り様に友樹は噴き出し、弥生もつられて笑い転げたものだ。

「思ったよりも早く、食べ切っちゃったね……」

弥生は、まな板の横に置かれたガラス瓶を手に取った。発酵させたイワシの身を隙間なく詰めたはずなのに、今は瓶の底にわずかに金色のオリーブオイルが残るだけだ。友樹と出会うまでの弥生は、手作りのアンチョビの味など知らなかった。

ステンレスの作業台に置かれた木製のボウルには、色とりどりの野菜を角切りにしたコブサラダが盛りつけられている。友樹の得意料理だ。

姑の茉由子が言う通りの、手間暇と愛情をたっぷりかけた理想の食卓。ただし作っているのは弥生ではなく、友樹だが。

「弥生ちゃん、パスタ、もう茹《ゆ》でてもいい？」

「うん。じゃあ、サラダ運ぶね」

ボウルに手を伸ばす弥生を見て、友樹が「あ」と声をあげる。

「ごめん、置きっぱなしだった。すぐ片付けるね」

友樹の視線の先には、ダイニングテーブルに置かれた一眼レフカメラがある。

「来月、久しぶりに写真の仕事が一件入ったからさ。ちょっと勘を戻そうと思って」

「えっ、ほんとに？　どこから？」

目を見開く弥生に、友樹は照れくさそうに顎を掻く。

「昔、俺の個展に来てくれてた人が、ブログを見つけてコメントしてくれてさ。最近は殆《ほとん》ど更新してなかったから、気付くのが遅れて悪いことしたけど」

「えっ、えっ、すごいじゃん！」

興奮のあまり、弥生は無意識に友樹のネルシャツの袖を摑んでいた。

「なんか、自然な感じのウエディング・フォトを撮りたいんだって。ドレスとかじゃなくカジュアルな感じでさ」

「おめでとう！　あっ、じゃあ、今日はワインを開ける？　アンチョビだから、白がいいかな？」

弾んだ声をあげる弥生に、友樹は目を伏せて笑った。

「そんなに大げさに喜ばないでよ。……ちょっと、情けなくなるからさ」

大鍋でしゅんしゅん沸騰するお湯の蒸気で、部屋の中は暑いくらいなのに、体感温度が急に下がる。

「ごめん……」

「いや、俺こそ、ごめん」

友樹の手が、弥生の頭にぽんと落ちる。そのまま、かつて猫のニキータによくしていたように、くしゃくしゃに撫《な》でまわされた。大きな手で髪の毛をもみくちゃにされるくすぐったさに、弥生は笑いながら身をよじる。

「だめだよ、昨日お風呂に入ってないから、汚いよ」

「うん、なんか弥生ちゃんのつむじ、クロワッサンみたいな匂いがする」

ふざけて鼻を寄せてくる友樹の顔を手のひらで押し返す。伸びかけの無精髭の感触が心地よかった。

友樹は手にしたカメラを慎重にケースに仕舞うと、またキッチンに戻った。

「フォトグラファーなんて、もう言えないよな。……趣味みたいなもんだよ」

背中越しに、小さな呟きが聞こえた。


風呂から上がり、パジャマ姿でダブルベッドに横たわる。壁一枚挟んだ向こうが風呂場なので、友樹がシャワーを浴びている音が聞こえる。

弥生が友樹と出会ったのは、大学三年の春だ。当時弥生は映画制作研究会に所属していて、学生向けの映像コンクールに出品するショートフィルムを作っていた。だが撮影中にカメラマンが盲腸で入院してしまい、頭を抱えていたときにＯＢから紹介されたのが、友樹だった。芸大を卒業しプロカメラマンのアシスタントを始めたばかりだという友樹は、『映像は自信ないんだけど……』と言いながらも、快く手を貸してくれた。

出品した作品は予選にも引っかからなかったが、コンクールの最終結果が発表される頃には、弥生と友樹はこの部屋で一緒に暮らすようになっていた。

その後、弥生は大学を卒業し、なんとか内定を貰えた文房具会社の企画営業として働き始めた。友樹はアシスタントをやめ、フリーランスのフォトグラファーとして活動しながら、不定期にアルバイトを続けた。

弥生に転機が訪れたのは、今から四年前のことだ。友樹が、スーパーに置いてあるフリーマガジンの求人広告を見つけたのだ。単館上映の映画を宣伝する会社のアルバイト募集だった。

『弥生ちゃん、本当は映画にかかわる仕事がしたかったって言ってただろ？』

確かにそうだった。就活中に志望していた大手映画配給会社には軒並み書類選考で落とされ、諦めたつもりではいたが、好きなことを仕事にして夢を追いかけている友樹が、ずっと羨ましかった。

給料が下がることが心配なら俺がバイトを増やすから、とまで言ってくれた友樹に背中を押され、弥生は迷いながらも転職を決めた。

今の会社でアルバイトとしてスタートを切り、契約社員を経て、一年前に正社員になった。給料は以前の会社にいたときよりも上がったものの、残業続きで家事は友樹に頼りっぱなし、女三十にして口許から髭が生える始末だ。

寝返りを打って横を向くと、壁際に積まれた段ボール箱が目につく。側面にはマジックで冬物、夏物、小物と書かれ、きちんと分類されているようだ。きっとすでに、ウォークインクローゼットの中の半分は空っぽになっていることだろう。

第一の転機が転職なら、第二の転機は、まさに今だ。

物言わぬ段ボール達に責められているような気分になり、弥生は寝室の電気を消した。

友樹は風呂から上がったらしい。ドライヤーの音が聞こえる。弥生は耳を澄ませながら、暗闇に浮かぶオレンジ色の光のラインを見つめた。寝室のドアの隙間から、わずかにリビングの灯《あか》りがこぼれている。

ふっとそれが消え、友樹の気配が近付いてくる。弥生は瞼《まぶた》を下ろし、いつものように、小さな寝息を立てるふりをする。ドアがきしむ音とともに、湿った石鹸《せっけん》の香りがした。

リサイクルショップで買ったダブルベッドは、体が大きい友樹が膝を載せると、ぐんとマットレスが沈む。

「弥生ちゃん」

弥生の体から、腕二本分の距離を空けて横たわった友樹が、そっと囁《ささや》く。

「役所、行ってくれた?」

しばらくの沈黙ののち、弥生は(プスー)と鼻から息を抜いた。

「そっか。負担になるようだったら俺が行くから、いつでも言ってね」

(スン)。今度は息を吸う。

「ごめんね、忙しい時期に無理させて」

弥生は薄く目を開き、暗闇の中に浮かぶ段ボール箱のシルエットを見つめた。もはや、狸寝入《たぬきねい》りの意味をなしていない寝息を止める。寝室が静まり返る。

「友樹のせいじゃないよ。ふたりで決めたことじゃん」

「うん」

ありがとう、という小さな声が聞こえた。そのまま弥生は、友樹のかすかな呼吸音に耳を澄ませた。

初めて友樹に狸寝入りを見破られたのは、いつのことだったろう。もう、随分昔のような気がしてくる。

転職し、アルバイトから契約社員にちょうど昇格した頃で、毎日くたくただった。寝室に友樹が入ってくるたびに、『ああ、今日はするのかな』『この前は結局したんだったっけ、断ったんだっけ』などと考えるようになっていた。友樹の体の重みを受け止めるのが、億劫《おっくう》になっていた。大好きだったはずの大きな手が、弥生の様子を窺うようにそっと髪に触れるたびに、げんなりした。ごめんね今日はちょっと、と口にするのも、そのあとの友樹の『いいよ気にしないで』と微笑む顔を見るのも、気が重かった。だからいつしか弥生は、寝室で寝たふりをするようになった。

それから数ヵ月ほどが過ぎた夜だ。あとからベッドに入ってきた友樹が、珍しく長々と、弥生の顔を見つめていた、正確には、見つめている、気配がした。鼻の頭に汗が滲んだ。

『弥生ちゃん』

（スピー）

弥生は固く目を閉じたまま、規則正しい寝息を立てた。

『毎晩寝たふりしなくていいんだよ』

（……ブスッ）

驚きのあまり、狸寝入りの寝息が鼻に詰まった。

『疲れてるんだもんね』

（……プ、プスー）

今更目を開けることもできず、弥生は不器用な寝息を立て続けた。

『ゆっくりお休み』
（スン）
その夜以来、気まずい話題のときは、狸寝息を交えて会話をするようになった弥生と友樹なのであった。

いつのまにか友樹の呼吸は、深い寝息に変わっていた。弥生は寝返りを打ち、リネンのパジャマに包まれた大きな背中を見つめた。

暗闇に目が慣れてくると、友樹の刈り上げられたうなじが見える。

友樹は先月、肩にかかるほどの長さに伸ばしていた髪を切った。散歩に行く、と言って出掛けると、別人のようにすっきりとした短髪になって帰ってきた。たじろぐ弥生を見て『人見知りしないでよ』と笑い、剝《む》き出《だ》しになったうなじをさすりながら、肌寒そうに首を縮めていた。

弥生は、裸足のつま先を尺取虫のように動かして、冷たいシーツの上をたどった。親指の先が、友樹の足首に生えたすね毛をかすめる。

温《ぬく》もりだけが欲しいなんて、我儘《わがまま》なんだろうか。我儘なんだろうな、ぬいぐるみじゃあるまいし。

そんなことを考えながら、友樹のすね毛を指にからめて弄《もてあそ》ぶ。友樹がくすぐったそうに身じろいだので、弥生は慌てて寝返りを打ち、友樹に背を向けブランケットに潜り込んだ。

「おい勝間、再来週の水曜の休み、金曜にずらせないか」

積み上げられたファイルや書類の向こうでPCモニターを睨《にら》みながら、広岩が言う。どうやら、メンバーのスケジュール管理用の共有ファイルを開いているようだ。

「その日は引っ越しなので無理です。あと、前日の火曜も結婚記念日なので定時に上がります」

「突然人妻臭を醸すなよ、らしくねーな」

「結婚記念日は私がハンバーグを作る約束なんです」

広岩は気色悪そうに顔をしかめ、デスクでコンビニ弁当を頬張っている柴田に「じゃあ、お前が再来週大阪な」と出張命令を下す。

「俺も彼女と付き合って半年記念なんで、無理でーす」

「柴田君、彼女いないでしょ。お土産はいつもの豚まんね」

弥生の指摘に、柴田は「りょーかいでーす」と肩を落として磯辺《いそべ》揚げを口に入れた。午後八時、柴田の散らかったデスクの上には、見慣れたロゴ入りのレジ袋が放られている。

「それって、駅前のコンビニのお弁当？」

「そうですけど？」

「おっ、窓際のドヌーブはいたか？」

すかさず広岩が声をあげる。柴田は、もごもごと口を動かしながら「今日もペペロンチーノ食ってましたよ」と言う。首を傾《かし》げる弥生に、広岩はにやりと唇を歪《ゆが》めた。

「あのコンビニな、これぐらいの時間になると、窓際の席にドヌーブ似の美熟女が出没するんだよ」

「広岩さん、ファンなんすよね」

「おう、お上品な恰好で不健康そうなコンビニパスタをちゅるちゅるすすってんのが、妙にエロいんだよなぁ」

「そっ」

それうちの姑です、という言葉を、寸前で呑み込む。怪訝《けげん》な顔をする広岩と柴田に背を向け、弥生はＰＣの電源を落とした。ハンガーラックからコートを摑み、トートバッグを肩に掛ける。

「えっ、勝間さん、もう帰るんですか」

「もうすぐ引っ越しだから、荷物の仕分けを進めないとね」

「なんかそれ、一ヵ月くらい前からずっと言ってません？」

「だから今日は本当に早く帰るの」

事務所の階段を駆け下り、目的地に急ぐ。窓際のドヌーブは、確かにそこにいた。レモンイエローのツインニットに白いフレアスカートという出で立《いた》ちで、イートインスペースの椅子に優雅に腰かけている。どうやらペペロンチーノを食べ終わり、食後の余韻に浸っているようだった。頬杖《ほおづえ》をつき、ぼんやりと窓の外を眺めている。電柱の陰に隠れて様子を窺う弥生に、気付く気配はない。こちらからは明るい店内を隅々まで見渡せても、向こうからは暗い風景が広がっているだけなのだ。

マジックミラーみたいだな、と思いながら、弥生は意を決してコンビニの入り口へと向かう。自動ドアを抜け、カウンターでカフェラテを買い、茉由子の隣の椅子を引いた。

席が空いているのになぜ隣に座るのか、とでも思ったのだろう。茉由子がわずかに体を横にずらし、こちらを見る。控えめなアイライナーで縁取られた目が、大きく見開かれる。

「お義母さん、こんばんは」

茉由子はしばらく弥生を見つめてから「あら」とだけ言った。平静を装おうとしているようだったが、強張《こわば》った頬のあたりに動揺が見える。

「私もご一緒していいですか」

「構わないけど……」

言葉のわりに迷惑そうではあったが、弥生はかまわず紙カップに口を付けた。ふんわりとしたミルクの泡が唇に触れ、反りが合わない姑の隣にいるというのに、ふっと肩の力が抜ける。

「あなた、家に帰らなくていいの。友樹が待ってるんじゃないの」

「いいんです」

「いいんですって、あなたね」

即座に目尻を吊り上げる茉由子に、弥生は「友樹さん、今日は会社の飲み会なんです。四月から正社員になるお祝いに、って」と補足する。茉由子は不意を突かれたような顔をしてから、

「そう……」と、小さな声で呟いた。

「お義母さんは、なんでこんなところにいるんですか」

「たまたまよ。あなたと一緒。たまたま、お父さんが今日は留守だったから、たまたま、仕方なく、ご飯を食べに来ただけよ」

たまたま、を多用しているところに動揺が窺える。

「お義母さんは覚えてないと思いますけど、うちの会社、すぐ近くなんです。お義母さん、うちの社長から『窓際のドヌーブ』って呼ばれてるんですよ。上品な美人が、いつもここでパスタを食べてるって」

茉由子は観念したように目を伏せた。

「一体、どうしたっていうんですか。お義父《とう》さんと喧嘩《けんか》でもしてるんですか」

薔薇色の口紅を塗った唇を尖らせ、茉由子は不貞腐《ふてくさ》れたように頰杖をついた。そういうコケティッシュな仕草が、実に絵になる。広岩が往年の名女優の名を挙げるのも、わかる気がする。

「まさかとは思いますけど、離婚とか」

「そうね、そういう可能性も、なきにしもあらずね」

「そんな」

「夫婦も四十年経つと、いろいろあるのよ。特に去年お父さんが定年になってからは、朝から晩までずうっと家にいるでしょう？　一日中テレビの前に座ってる姿を見てるとね、どうしてこんな置物みたいな人と結婚しちゃったのかしら？　なんて思ったりして。することがないなら、お皿の一枚でも洗ってくれたらいいのに、あの人ったら家事がてんでダメでしょう？」

「そんな、ひどいですよ」

「そうなのよ。きっと、どの引き出しに下着が入ってるかも知らないわよ。ほんとにもう、子供の頃の友樹よりも、ずっと手がかかるんだから」

「ひどいのはお義母さんですよ」

美しく描かれた茉由子の眉が、ぴくりと動いた。弥生はかまわずに続けた。

「お義父さんをオブジェにしたのは、お義母さんじゃないですか」

「オブジェって、あなたね」

「四十年、上げ膳据え膳で甘やかしてぬるま湯につけておいて、急に放り出すなんて、ひどいですよ。不満があるなら、ちゃんと言ってあげたらいいじゃないですか。パンツの置き場所くらい、教えてあげたらいいじゃないですか。お皿を洗ってほしいなら、ちゃんと口に出して言ってあげたらいいじゃないですか！」

つい語気が荒くなってしまった。気を落ち着かせるためにカフェラテをがぶりと飲む。茉由子は、上目遣いに弥生を見つめた。

「むきにならないでよ」

「なりますよ」

「そうね。悪かったわ」

あっさりと謝罪を口にすると、茉由子はペーパーナプキンで口許を押さえてから「冗談よ」と言った。

「夕食じゃなくて、夜食なの。お父さんとの夕食のあと、内緒でこっそり家を抜け出してきてるの。あの人、七時には布団に入って寝ちゃうから」

「え。なんで、そんなこと……」

「あなたは、嫁っていう感じがしないから正直に話すけど」

「ひどくないですか？」

「女には、ひとりの時間が必要なのよ。夫でも置物でもオブジェでも、ずうっと一緒にいると、耐えられなくなるときがあるの」

「耐えられない末のペペロンチーノ、ですか」

弥生のぽかんとした呟きに、茉由子は悪戯《いたずら》っぽい笑顔で「実はね」と切り出す。

「友樹が小さい頃は手作りの食事にこだわっていたんだけど、あの子が学校に行きだして、日中はひとりで過ごすようになってからね、たまにこうして、このコンビニにご飯を買いにきてたの。やっぱり毎日自分が作ったものばかり食べてると、人が作ったものを食べたくなるじゃない？

……まあ、あなたにはわからないかもしれないけど」

弥生は肩をすくめた。皮肉を利かせることを忘れないのが、茉由子らしい。

「でも、それにしたって……お義母さんだったら、お洒落《しゃれ》なカフェとかホテルのラウンジとか、もっとお似合いの場所があるじゃないですか」

「手間がかかった料理は、自分が作るだけで充分なの。もっとこう……ああ私、体に悪いことしてるわ、馬鹿なことしてるわ、っていう、スリルや刺激が欲しいのよね」

「はぁ」

「お父さんが仕事をやめて、お昼ご飯を家で食べるようになってから、私もずっと我慢はしてたのよ？　でも最近は、もう限界！　ってなっちゃって。このコンビニの、油っぽくて塩分と糖質たっぷりのペペロンチーノが、どうしても食べたくなっちゃうのよね」

義父が寝入ってから、茉由子がそっと家を抜け出す様子を思い浮かべる。弥生は笑いながら、カフェラテのカップに口を付けた。

「お義母さん、ひどくないですか？　私が昔、顆粒のだしの素《もと》を使ってるって話したら、エイリアンを見るような顔をしたじゃないですか。そのあとも、友樹はアレルギー体質なんだから、ちゃんとオーガニックで健康的なご飯を作りなさい、って、散々プレッシャーをかけてきて」

「あら、悪かったわね。それであなた、私の言う通りに作ったの？」

「作ってませんけど」

「何なのよ」

肩が触れ合いそうな距離で、くつくつと声をひそめて笑い合う。今になって、こんなふうに気負わずに茉由子と話ができることが不思議だった。

「なんだか昔、学校の帰りにお友達と、こっそりコロッケを買って食べたときのことを思い出すわね」

「また、ここに来てもいいですか」

茉由子が微妙な顔をしたので、弥生は慌てて「来ないかもしれないけど、会社が近いんで」と付け足した。変なことを言わなきゃよかった、と後悔する。空になったカップを持って立ち上がる弥生の背中に、茉由子の声がかかる。

「じゃあ次からは、コーヒーくらいはおごってあげるわ」

振り返ると、窓際のドヌーブは、テーブルに肘をついてひらひらと手を振っていた。


初めて茉由子に声をかけた日から二週間が過ぎた。気が付けば、引っ越しの日が明後日に迫っていた。

「それで、荷物の仕分けは終わったの？」

「……まだですけど」

カフェラテのカップの縁に口を付けたまま、弥生は小さく呟く。茉由子が大仰に溜息《ためいき》をついた。

「あのねぇ、確かに、コーヒーくらいはおごってあげるって言ったけど、毎度毎度仕事を中座して、こんなところで油を売ってる場合なの？」

「いいんですよ。うちの社長、一日に八回は煙草休憩に入るんです。それなら私が、十五分くらい会社の傍《そば》でお茶してたって、お釣りがきます」

しかし、反りが合わないと思っていた姑と、毎晩のように一緒にコーヒーを飲む仲になるとは思ってもみなかった。茉由子は白い手でブレンドコーヒーのカップの蓋を開けている。最近は夜食のペペロンチーノをやめたらしい。『スリルと刺激は、お父さんと友樹に内緒であなたと会っていることだけで充分だから』などと言っていたが、結局は体重の増加と、額に出来た吹き出物が原因なのではないかと思う。

「そうじゃなくて、さっさと仕事を終わらせて家に帰らなくてもいいのかって訊いてるの」

「正直言って、今ちょっと帰りづらいんですよね。友樹さんは変わらず優しいんですけど、なんか最近、微妙にぎくしゃくするときがあって」

「あなた、よく私にそんなことを言えるわね」

「なんかもう、姑って感じがしないんですよね」

茉由子は顔をしかめ、「あなたも大概ね」と呟いた。艶《つや》やかな薔薇色の唇は、笑いをこらえるかのように片側だけが上がっていた。

「でも、明日は絶対早く帰ります！　結婚記念日だし、明後日は朝から引っ越し業者の人が来ることになってるし！」

力説する弥生のコートのポケットで、スマートフォンが震えた。社長の広岩からの着信だった。

「勝間、今どこだ？」

「いつものコンビニですけど」

険しい声に、いやな予感がした。

「柴田は？」

「夕方、打ち合わせに出たきりです」

広岩の舌打ちが聞こえた。

柴田が担当している新作映画の宣伝用のSNSアカウントが、炎上騒ぎになっているのだという。広岩は、とにかく今から配給元の会社に謝罪に行ってくる、と吐き捨てると、慌ただしく電話を切った。

とりあえず弥生は、件《くだん》のSNSアカウントをチェックしてみた。どうやら、PRツイートに否定的なコメントを投稿してきたユーザーに、柴田が『中のヒト』らしからぬ勢いで嚙《か》みついたのが原因らしい。問題のツイートは、おそらく柴田本人の手によって削除されていたが、不特定多数が閲覧できる場所に一度流してしまったものは、完全に消し去ることなどできないのだ。冷静さを欠いた柴田のツイートはスクリーンショットによって画像として残され拡散され、弥生の目の前でまたたくまに燃え広がってゆく。

「どうしたの、青い顔して」

「ええと、仕事でちょっとトラブルが……」

茉由子に答えている間にも、スマートフォンが新着メールを受信する。広岩からだ。今回の件で会社として取り急ぎするべきこと、今広岩が抱えている別案件で今夜中に弥生が代わりに対応するべきことなどが、箇条書きに連ねられていた。

メール画面をスクロールしながら、弥生は頭の中でせわしなく、作業の優先順位を組み替えてゆく。

「だめだ、今日は帰れないや……」

明日定時で上がるためには、今夜の睡眠時間を犠牲にするしかない。茉由子に慌ただしく別れを告げ、弥生はコンビニを飛び出した。取り急ぎ事務所に戻り、半べそで帰って来た柴田に事情を聞き、『俺も広岩さんと一緒に頭下げてきます！』と言い出す柴田を宥《なだ》め、広岩と電話を繋《つな》げつつ、こんなときに限って舞い込んでくる急ぎの案件にも対応し、気が付くと、いつのまにか夜が明けていた。

荒れ果てた事務所を白々とした朝陽が照らし、午前九時過ぎに有紀が「わっ、なんですかぁ、この部屋、ケモノくさ〜い」と鼻をつまみながら出勤してきて、全てが片付いたときには、時計の針は午後五時を指していた。

「勝間さん、すみませんでした」

「もういいってば」

とんでもなく情けない顔で柴田が涙ぐむ。トラブルの発端は、ありふれたものだ。外国映画の日本版のポスターが明らかに改悪だとか、予告編の切り取り方が最悪だとか、この業界に数年もいれば見慣れてしまう類《たぐい》の批判だ。

「でも正直私も、柴田君と同じことを思ったよ。ふざけんなばかやろーって」

「おい、甘やかすな」

広岩に睨まれ、弥生は口を噤《つぐ》む。向かい側のデスクの柴田が、しゅんと肩を落とす。

張り詰めた空気のなか、弥生は、ゆうべ広岩が煙草を吸いにベランダに立ったときに、柴田が呟いた言葉を思い返す。

『何がムカつくって、俺自身が最近まであっち側だった、てことですよ。匿名だからいい気になって《売れ線だからってダサいコピーつけてんじゃねーよ、売れりゃなんでもいいのかよ》って、上から目線で。だけどもっとムカつくのは、そのときの自分のカケラが、今こっち側にいる俺の真ん中にまだ刺さってる、ってことですかね……。《何やってんだよ、それでいいのかよ。ダサいことやってんじゃねーよ》って』

広岩が勢いよく立ち上がる。柴田が怯《おび》えたように体を縮めた。

「おい、人妻。お前、今日結婚記念日だろ。そろそろ上がれ」

ぞんざいな口調で弥生に声をかけてから、柴田の頭を、まるめた映画雑誌で叩《たた》く。

「飲みに行くぞ。さっさと支度しろ」

男ふたりの背中を見送ってから、弥生は、甘やかしてるのはどっちだよ、と苦笑する。事務所のドアが閉まると、デスクの端で書類のファイリングをしていた有紀が「はぁー、しんどかったぁ」と、声をあげた。

「久しぶりの修羅場だったね」

「もう、空気最悪でしたぁ」

有紀はぷっと頬をふくらませ、広岩のデスクに散らばったエナジードリンクの瓶や灰皿、コーヒーが残ったマグカップを、手早く片付けてゆく。給湯室の流し場で洗い物を始める音を聞きながら、弥生もPCの電源を落とした。窓が施錠されていることを確認し、空調を切ってからコートを羽織っていると、いつのまにか有紀が、すぐ後ろに立ってじっと弥生を見つめていた。

「わっ、何、びっくりした！」

「弥生さんて、いくつでしたっけ」

「今年三十だけど。どうしたの急に」

「いや、なんでそんなに頑張るのかなーと思って」

いつもの鼻にかかった声ではなく、ツートーンほど低い地声で、話し方からも甘ったるさが消えていた。

「だって朝から晩まで働いて、お給料はそれなりでも、時給に換算したらコンビニのバイトの方がマシじゃないですか」

「うーん、でも、好きな仕事だからね」

「好きだから我慢できる、ってことですか？」

有紀は上目遣いに弥生を見つめたまま、唇を歪めて笑った。

「そんなの、ダメ男と付き合ってる女と一緒じゃないですか。無職で借金だらけで酒浸りでも、殴られてボロボロになっても、でも好きなの、彼は私がいないとだめなの、って。正直、見てて痛いですよ」

「有紀ちゃん、今日は意地悪だね。何かあった？」

平静を装いながら訊《たず》ねると、有紀は途端に目を潤ませ、やよいさーん、と抱き着いてくる。よしよし、と頭を撫でてやった。

マッチングアプリで知り合った、大手商社勤務の六番目の彼氏が、実は既婚者だったらしい。

「最低ですよね！　私の純情、もてあそばれましたっ」

「どこから突っ込んでいいかわかんないけど、六番目だったんでしょ？　なら、いいじゃない」

「だって、商社マンですよ？　六番目だったけど、二番手だったんですっ」

憤慨する有紀と一緒に事務所を出る。駅までの道を並んで歩きながら、弥生はいつものコンビニに目を向けた。頬杖をついた茉由子が、じっと通りに目を凝らしているのが見えた。

あ、と思った瞬間、目が合う。こちらからは丸見えでも、向こうからは、よほど注意していないと弥生の姿が見えないはずだ。それなのに茉由子は、すぐに弥生を見つけた。

目を見開いて立ち止まる弥生に、茉由子はかすかに微笑んでから、しっし、というように手の甲を振った。鬱陶《うっとう》しそうなその仕草に、逆に背中を押された気分になる。軽く会釈をして、そのまま駅に向かった。

有紀とは、改札を抜けたところで別れた。いつもの駅のホームには、大手映画配給会社の巨大広告が設置されている。若手人気アイドルを起用した、教師と女子高生の禁断のラブストーリーだ。ベストセラー少女漫画を実写化したもので、この春一番のヒットが見込まれている。興行収入の数字だけで見れば、きっと、弥生や柴田、広岩が必死に宣伝している単館上映の映画などとは、比べ物にならない。

擦り減ったパンプスでホームに立ちながら、弥生は、毛穴ひとつ残さず修整された男性アイドルの巨大な笑顔を睨みつけた。

泣かされるとわかっていても、ぼこぼこに殴られて傷ついたとしても、離れられない。

「……しょうがないじゃん。だって、好きになっちゃったんだもん」

陳腐な台詞《せりふ》だな、と思う。だがそれ以外に、何の言葉も見つからないのだ。

駅前のスーパーで、ブランド牛のひき肉とデミグラスソースの缶詰、マッシュルームを買う。玉葱《たまねぎ》とパン粉のストックがあることは友樹に確認済みだった。

川沿いの道を急ぎ足で歩き、階段を駆け上がってドアを開けると、靴箱の上の置き時計は七時を回ったところだった。

「ただいまー、ごめんね、昨日は帰れなくて」

「おかえり。大変だったね」

笑顔で振り向いた友樹を見て、弥生は息を呑んだ。手に持っていたレジ袋と、肩からずり落ちかけていたトートバッグが、大きな音をたてて床に落ちる。

「なんで……？　私がやるって言ったじゃん」

声が震えた。落ち着け、落ち着け、と自分に言い聞かせても、ずっと抑えつけていた何かが、胸の裏側でのそりと頭をもたげる。

友樹はスウェットの袖を肘までめくり上げ、銀色のボウルでミンチを捏《こ》ねていた。

「弥生ちゃん、徹夜で疲れてるだろ？　ちょうど冷凍してた合いびき肉があったからさ」

風呂も沸いてるよ、という友樹の言葉にも表情にも、優しさしかないのに、優しいだけなのに、なんでこんなに腹が立つのか、弥生にもわからない。

「袋、大丈夫？　卵とか買ってない？」

言われて初めて、ああそうか、ハンバーグには卵が必要なんだ、と気付く。すっかり忘れていた。もう長いこと料理なんてしていないから。

「弥生ちゃん、大丈夫？　顔色が悪いよ」

ミンチを捏ねていた手を丁寧に洗い、友樹がそっと弥生に歩み寄る。弥生はコートとジャケットをダイニングテーブルの椅子に放り投げ、シャツの袖をめくり上げた。友樹の体を押しのけ、台所で水道のレバーを全開にして手を洗う。

「どうしたの？　何かあった？」

ボウルの中のミンチをわし掴みにし、慣れない手つきでまるめ始める弥生を、友樹が心配そうに覗き込む。

「何もないけどっ。私がやるって言ってるのに、ちゃんと頑張って早く帰って来たのに！　なんで友樹が作ってるの!?」

「弥生ちゃん、ちょっと落ち着こうよ。お茶でも飲んで話そう？」

「そうやって先回りして優しくしないでよっ！」

カッとなって友樹の手を振り払った拍子に、手の中のミンチが、友樹の右頬にびたん、とぶつかった。

しん、と部屋の空気が静まる。友樹の顔にへばりついた手のひらサイズの生肉は、ずるりと頬を滑り落ち、フローリングに落下した。

ふたりとも棒立ちのまま、床にへばりついたミンチ肉を見下ろす。

「……ごめん」

「弥生ちゃん」

「ごめん、ちょっと外で頭、冷やしてくる」

友樹が止めるのも聞かずに、弥生は玄関のサンダルに足を突っ込み、部屋を飛び出した。川沿いの道を走って、走って、息が切れて脇腹が痛くなる頃には、シャツの裏側が汗でびしょびしょになっていた。目についたベンチに座り込み、荒い息を吐きながら、膝に顔を伏せる。生肉がこびりついた両手が気持ち悪い。

友樹は何ひとつ悪くない。何ひとつ間違ってもいない。悪いのも間違っているのも、全部自分だ。若い子からの八つ当たりを、軽くいなすふりで抉《えぐ》られて、なのに大人の女ぶって笑ってみせて、馬鹿みたいだ。余裕がなくてカリカリして、引っ越しの準備も先延ばしにして、今日だけ早く帰って料理を作ったって、それが何だっていうんだろう。

足音が近づいてくる。顔を上げなくても、友樹がそこにいることがわかる。

「ごめん」

絞り出した弥生の声に、友樹は低い声で、うん、と言った。

「最近の私、ちょっと、いっぱいいっぱいで」

「うん」

「仕事もだけど、なんか――ごめんね、八つ当たりして」

友樹が隣に座る。古いベンチが、わずかに軋《きし》んだ。

「俺に八つ当たりしなかったら誰にするの？」

いつもと変わらぬ優しい声に、鼻の奥がじんとした。

「そういうこと、言わないでよ」

「こんな薄着でいたら、風邪ひくよ」

友樹が、手に持っていたマフラーを弥生の首に巻く。太い毛糸で編まれた臙脂《えんじ》色のマフラーには、友樹の匂いが染みついていた。

「自分でできるよ」

「弥生ちゃん、手、洗ってないでしょ？」

「そうだった……」

弥生の首の後ろに両手を回して、友樹はマフラーを縛った。鼻がぶつかりそうなほど、友樹の顔が近くにある。

「友樹」

「うん？」

「いつも、やるやる詐欺でごめんなさい」

「うん」

「ミンチでビンタして、ごめんなさい」

「うん」

友樹が喉に引っ掛かるような声で笑った。

「区役所、行けなくてごめんなさい。行けなかった」

「うん」

「約束、やぶっちゃったね。ごめんなさい」

いいよ、と友樹は呟き、立ち上がって弥生に手を差し出した。脂で汚れた自分の手を重ねることをためらっていると、友樹が、思いがけない強さで弥生の手を摑む。そのまま、引っ張り上げられるようにして立たされた。

「帰ろ」

「……うん」

友樹のごつごつした指が、肉の脂でぬるついた弥生の指に絡まる。

「なんかちょっと、やらしい感じだな」

「友樹って、前から思ってたけど、結構むっつりスケベだよね」

「そうかな。むっつりしてるつもりはないんだけど」

「じゃあ、にっこりスケベ？」

「やめてよ、なんか変態みたいじゃん」

繋いだ手を、ゆっくりと前後に振りながら、並んで歩く。

「そういえば弥生ちゃん、いつのまに母さんと仲良くなったの？　昨日『弥生さん、会社に泊まり込みになるみたいよ』って電話がかかってきて、びっくりしたんだけど」

「……えーーと、ちょっと最近、偶然、なんていうか……、それよりも、床に落としたミンチ肉、どうしようか」

「ハンバーグは無理だけど、よく焼いてキーマカレーにしようか。唐辛子とかガラムマサラって、なんか消毒になりそうじゃない？」

あと十三時間後には、引っ越し業者が山積みの段ボール箱を運びにくる。足が止まる弥生を見て、友樹が「どうしたの？」と不思議そうに瞬《まばた》きをする。「何でもなーい」と笑って、弥生は友樹の肩に頭をくっつけ、つむじをこすりつけるようにした。

「え、何？」

「クロワッサン攻撃！」

「また風呂に入れなかったの？　一応、会社にシャワー室があるって言ってなかった？」

「そんな暇なかったもん」

子供のようにじゃれ合いながら、弥生は、友樹の肩越しに見える川沿いの風景に目を凝らした。

今夜で最後になる景色を、忘れないように焼き付けようと思った。


久しぶりに友樹よりも早い時間に目覚め、弥生は、殺風景になった台所でインスタントコーヒーを淹《い》れた。香りに誘われたかのように、眠たげな目をした友樹が寝室から顔を出す。

「おはよ。友樹、髪の毛すごいよ」

「短くしてから、逆に癖がつきやすくなっちゃったんだよな」

長い髪も好きだったけどな、と思いながら、弥生は、白い湯気のたつマグカップに口をつける。毎朝友樹がエスプレッソマシーンを使って淹れてくれるものとは、香りも味の深みも、まるで違った。ゆうべ、遅くまでふたりで本とＤＶＤとレコードの仕分けをしたので、瞼が重かった。

テレビをつけると、去年カンヌ国際映画祭で大賞を獲《と》ったヨーロッパの映画を、日本でリメイクするというニュースが流れていた。元夫婦だった俳優同士が、四年ぶりに再共演するという、映画の中身とは関係のないゴシップで盛り上がっている。

友樹がコーヒーを飲みながら、「懐かしいね」と笑った。

「弥生ちゃんさ、昔、このふたりが離婚するときのニュースを見て言ってたよね。『嘘《うそ》っぽいコメント』って」

「そうだっけ」

「『これ以上嫌いにならないために、仲良しでいるために離婚する、なんて、意味わかんない』

って。あのときは俺も、一緒に笑ってたよなぁ」

ベランダの窓越しに見える空が、いつもより透き通って見えた。インターホンが鳴り、弥生はテレビを消した。

引っ越し業者の若者達が、きびきびと荷物を運び出す。一時間もしないうちに部屋の半分が空っぽになった。もっと感慨深いものかと思っていたのに、あっというまだった。

「忘れ物ない？」

玄関でスニーカーの紐《ひも》を結ぶ友樹の背中に声を掛ける。

大丈夫、と振り向いてから、友樹は「なんか、いつもとあべこべだな」と笑った。

弥生は、仕事用のトートバッグの内ポケットから取り出した用紙を友樹に差し出した。ここ何週間も持ち歩いていたので、ふたり分の判を押した紙はしわくちゃになっていた。

「……一緒に出しに行く？」

友樹の言葉に、弥生は小さく首を振った。何度も役所の前まで行って、でも、どうしても、中に入れなかった。一緒に行っても、きっと友樹を困らせるだけだ。

友樹は微笑んで、古びたキーホルダーのついた鍵を差し出した。ふたりの指が一瞬だけ触れる。それで最後だった。

友樹の大きな背中がドアの向こうに消えてからも、弥生はしばらく、玄関に立ち尽くしていた。

肩越しに部屋を振り返る。ふたりで九年という月日を過ごしたリビングからは、友樹が持ってきた家具が全て消えていた。一人で座るには大きくて、ふたりで座るには窮屈だった革張りのソファも、ステンレスのラックも、カラーボックスも、スタジオライトのような間接照明も、全て友樹が、一人暮らしをしていたアパートから持ってきたものだ。それら全てが、なくなっていた。

ふたりともいい大人なんだから、学生時代に買った安物の家具は処分して、ずっと使えるものを一緒に選ぼうね、と話していた。でも結局、行かなかった。

弥生は、古びた布張りのソファに座った。ところどころ擦り切れて、スプリングも弱っている。一人掛けのソファで膝を抱えてみる。半分だけ殺風景になった部屋には、ゆうべのスパイスの匂いが残っていた。

別れることを決めるまでは、みっともなく泣いて、すがりついて、そんな弥生を受け止める友樹も、ごめん、と瞼を絞るようにして泣いた。猫のニキータを看取ったときと同じくらい、ふたりとも際限なく泣き続けた。

涙って案外涸《か》れないもんだな、と思いながら離婚届に判を押し、友樹と約束した。最後の結婚記念日までは、昔のように笑って暮らそう、と。

のろのろと立ち上がり、台所に向かう。冷凍庫の引き出しを開けると、ゆうべのキーマカレーの残りが、一食ずつラップされ、チャック付きの保存袋に入れられていた。

冷凍庫が警告音を鳴らしても、弥生は長いこと引き出しにしがみついていた。

ここ数ヵ月、友樹の笑顔を見ながら、泣くな、泣いちゃだめだ、と呪文のように呟いてきたせいか、涙は一滴も出なかった。ただ喉の奥だけが、小刻みに震えた。

待ち合わせは、小さな映画館の前だった。友樹が出ていった日以来の休日だった。

川沿いの道を歩きながら、ほころびかけた桜の蕾を見上げた。横に友樹がいない風景には慣れたつもりでいても、ふとした拍子に記憶が甦《よみがえ》る。

もう今までのように、友樹の肩越しに桜を見上げることも、コンビニで買った缶ビールを半分ずつ飲みながら歩くこともないんだな、と思う。

電車を乗り継いで初めての駅で降り、スマートフォンの地図を片手に、なんとか目的地にたどり着く。繁華街の路地裏にある、小さな映画館だった。煤《すす》けたようなセピア色の風景に、エメラルドグリーンのスプリングコートが彩《いろどり》を添えていた。

「茉由子さん、私、正直に言うと休日まで映画っていうのは、ちょっと……」

「遅れてきておいてご挨拶ね。いいから付いてきなさい。まさか私にひとりで映画館に入らせるつもり?」

ひとりラーメンもひとり焼き肉も抵抗がない弥生には、茉由子が顔をしかめる意味がわからないのだが、仕方なく小柄な背中に続いてチケットを買う。

古い日本映画のリバイバル上映だった。小さな上映室には、弥生と茉由子しか客がいない。国内外に根強いファンが多い映画監督の遺作だった。

「ねぇ、ほら、私、昔この女優に似てるって言われたのよね」

「あの、上映中に堂々とお喋《しゃべ》りしないでくれますか」

「だって、私達しかいないじゃないのよ」

「そうですけど」

スクリーンでは、気の強そうな顔立ちの美人女優が、こちらに向かってポンポンと切れ味の良い台詞を投げつける。俳優にカメラ目線で台詞を言わせるのが、この監督の特徴なのだと、映画制作研究会の先輩が教えてくれたことを思い出す。悪い人ではなかったが、うんちくが始まると止まらなくなるのが厄介だった。

それでも、彼が弥生と友樹を引き合わせてくれたのだ。

「茉由子さん」

「さっきから何なの、その呼び方は」

「だってもうお義母さんじゃないですから」

「それもそうね」

「今日、友樹さんに頼まれて私に電話をくれたんですか」

「まぁ、そうね。どうやら私達、仲良しだと思われてるみたい。ほんと、男っておめでたいのよね。そういうところ、お父さんそっくり」

茉由子は呆《あき》れたように言ってから、ふっと溜息まじりに笑った。

半年前、思いつめた顔の友樹に、「話があるんだ」と言われた。

アルバイト先の家電量販店から、社員にならないかと誘われている、と。受けてみようかと思っているんだ、と。

『え、でも写真の仕事は？　なんで急に、そんな――』

あのときの自分は、ひどくうろたえていたと思う。長年アルバイトをしていて人当たりもいい友樹は、客からも人気があったし、売り上げ成績もよかった。正社員の誘いも何度となくあったのに、今までずっと、本業があるからと断ってきたのだ。

『もう、なんだか、しがみついてるのがしんどくなってきちゃったからさ』

『そう……』

カメラは一生手放せないとは思うけど、と呟く友樹に、弥生は、もう何も言えなかった。

『それで考えたんだけど――弥生ちゃん、ごめん、別れたい』

『えっ』

『もう弥生ちゃんのそばにいられない。正直、一緒にいるのが辛《つら》い』

呆然とする弥生に、友樹は、いつものように穏やかに、胸の内を語り始めた。

フォトグラファーとして成功するという夢を追いかける自分と、映画に携わる仕事に就きたいという夢に挫折して一般企業に入社した弥生。それがいつのまにか立場が逆転して、ずっと苦しかったのだと。

『だって友樹が、私に今の会社を見つけてくれて、友樹が、頑張れよって背中を押してくれて、だから私――』

自分でも、言い訳だとわかっていた。友樹が優しいのをいいことに、上げ膳据え膳で甘え切っていた。

離婚なんて絶対いやだ、これからはちゃんと家事も頑張るから、とすがりつく弥生に、友樹は泣き笑いのような顔で言った。

『俺はさ、弥生ちゃんが、俺の作った飯を食べて、おいしいって笑ってる顔が好きだよ。俺が洗った毛布にくるまって、安心しきって眠ってる顔が大好きだよ。だから、それとこれとは、全然別の話だよ』

スクリーンには、若い夫婦が暮らす団地の一室が映し出されている。妻よりも早く帰宅した夫が、台所に立ち夕食を用意するシーンだ。

「ねぇ、この夫婦、どう思う？」

「どう、って……六十年前の映画なのに、わりと現代的ですよね。共働きだし、女性が男性にポンポン言い返すシーンも多いし。夫と妻が対等で、今の理想の夫婦像に近いというか」

「この時代の理想の夫婦像が、今でも古臭く感じないってことが、逆に異常よ。ぞっとするわ。六十年経っても大して変わっていないなんてね」

戸惑う弥生に、茉由子は、ねぇ、と呟く。

「女の甲斐性を受け止められない男なんて、忘れなさい」

息を呑む弥生に、茉由子は真《ま》っ直《す》ぐにスクリーンを見つめたまま続けた。

「女が夢を追いかけることに怯《ひる》む男なんて、やめなさい」

ずっとこらえていたものが、今になってあふれ出す。

茉由子が思っていることとは、きっと違う。だがその言葉をくれた気持ちに、嗚咽《おえつ》をこらえられなかった。

『最初は、弥生ちゃんのことを本気で応援してた。男がどうとか、女がどうとか、そういうのは関係ないと思ってた。どこかの夫婦みたいにじゃなくて、俺たちに一番いい暮らし方でさ、一緒に好きなことをして夢を追いかけて、そういうの最高だな、って思ってた』

でもさ、と言った友樹の声は震えていた。

『気付いたら弥生ちゃんは俺を追い越して、どんどん先に行ってて、弥生ちゃんが進む道は真っ直ぐにどこまでも続いててさ。俺の方は、行き止まりじゃないけど泥沼だった。弥生ちゃんが毎日へとへとで帰ってきて、でも楽しそうに仕事の話をしてるのを聞きながらさ、俺の中は、どろどろでぐちゃぐちゃだった。躓《つまず》けよ、転べよ、こっちにこいよ、青臭い夢なんか一緒に諦めようよ、って思ってる自分に気付いて、死にたくなった。好きな人の幸せそうな顔を見て、憎たらしいなんて思う自分をさ、知りたくなかった』

ごめん。弥生、ごめん——友樹は、最後にはそれを繰り返すだけだった。

『もうやめよう。弥生ごめん、もう無理だよ。これ以上一緒にいたら俺、自分のことも弥生のことも憎みたくなる』

そんな呼び方も、切羽詰まった声も、セックスとプロポーズのときしか聞いたことがなかった。その両方が、もう随分遠い記憶だった。

どうすればよかったの？　どうすればいいかわからなかった。

いや、嘘だ。

本当は、どうすればいいかわかっていた。でも、それをやりたくなかった。友樹がいなくなることがわかっていても。

「あなたの方がよっぽどうるさいじゃないのよ」

「すみません……」

むせび泣く弥生に、茉由子は、綺麗《きれい》にアイロンがかかったハンカチを差し出す。

「茉由子さん、今日、うちにカレーを食べに来ませんか」

茉由子が怪訝そうな顔をする。春らしいベージュピンクの唇が開きかけた瞬間、弥生は「いや、いいです。忘れてください」と取り下げた。

「やっぱりあれは、私が全部食べなきゃ」

「何言ってるの？」

「それに友樹さんがいないので、今、部屋が人を呼べる状態じゃなかったです」

「あなたね、うちの息子を何だと思ってるの」

憮然《ぶぜん》とした茉由子の顔を見て、弥生は洟《はな》をすすって笑った。

半分になったリビングの書棚に、新しい本を並べよう。欲しかったＤＶＤも全部買って、好きなものだけでぱんぱんにしよう。そして、あの夜ふたりで作ったカレーを全部食べて、冷凍庫を空っぽにしよう。

弥生の手の中のハンカチは、涙と鼻水を吸って、ぐしゃぐしゃになっていた。茉由子が「もう返さなくていいわよ」と顔をしかめる。

「すみません。新しいの、買ってお返ししますね」

「そうしてくれる?」

ずいぶん年上の女友達は、眉間に皺を寄せると、呆れたように笑った。

BE MY BABY

穿《は》き古したジーンズに左右いっぺんに足を突っ込むと、裾の内側に引っ掛かっていたソックスが、ところてんのように押し出されてラグマットに落ちた。何もかもが小綺麗に整えられたこの部屋では、毛玉のついた自分のソックスが、いつも以上にみすぼらしく見える。

真島健生《まじまけんせい》はベッドの縁から腰を浮かせてソックスを拾い、中途半端に穿いていたジーンズを腰まで引っ張り上げた。

学生向けワンルームマンションのキッチンでは、帆乃花《ほのか》が紅茶を淹れている。「早くTシャツ着ないと風邪ひくよ」と健生を笑うが、ふわふわした部屋着のショートパンツから伸びる帆乃花の素足の方が、よほど寒そうだった。

「なんかこういうの、久しぶりだね」

帆乃花は健生の隣に座り、湯気の立つマグカップを差し出す。「そうか？」と返すと、むくれ顔で耳を引っ張られた。

「就活とか卒論の中間発表の準備で、全然会う時間がなかったじゃん。そうじゃなくても健生は、バイトばっかりしてるのに」

言われてみれば、最後にこの部屋に来たのは八月の花火大会の夜だ。ふたりとも東京での企業面接を終えた帰りで、リクルートスーツ姿だった。帆乃花は『どうせなら浴衣が着たかったな』と不満げだったが、江戸川の上空に連発花火が打ち上がると『受かりますように受かりますように受かりますように！』と早口で願い事を唱え、健生を笑わせた。その甲斐あってか、先月ふたりとも、無事に第一志望に内定を貰った。

「健生、卒論、ちゃんと進んでる？」

「ぼちぼち」

「ほんとに？　内定は貰えたのに卒業できないとか、洒落にならないからね」

やんわりと釘《くぎ》を刺す帆乃花は、まだ十月の半ばだというのに、きっとほとんど卒論を書き終えているのだろう。綺麗に整頓されたデスクの上には、推敲《すいこう》中らしき原稿が置かれている。だがそれだけではなく、カラフルな付箋が貼られた旅行情報誌が一緒に置かれているところが、万事を要領よくこなす帆乃花らしい。

「年明けには引っ越し先を探したいから、卒業旅行は早めに行っておきたいんだよね」

「一旦は実家に帰るんじゃないのか？　確か川崎《かわさき》だったよな」

帆乃花の内定先の老舗出版社は麴町《こうじまち》なので、実家からも通える距離だ。

「そうなんだけど……」

帆乃花は珍しく口ごもり、白い膝頭を擦《こす》り合わせた。踵までなめらかに保湿された裸足の爪先には、桜貝のような短い爪が光っている。

「一緒に住むのも、ありじゃない？　健生の会社が麻布《あざぶ》だから、麴町との中間地点とか。……何、その反応」

　不意打ち過ぎて真顔になってしまった。帆乃花は拗《す》ねたように目を伏せ、「その方が健生も家賃が浮くし、って思っただけだよ」と唇を尖らせる。

「いやなの？」

「いや――でも、そっちの親とか、大丈夫なのか」

　ベッドの上でブランケットと絡み合っているTシャツに手を伸ばし、そそくさと頭から被《かぶ》る。

　ついさっきまで帆乃花としていたことを思い出すと、即答できない自分が後ろめたかった。

「親って、春から社会人になるのに、今更じゃない？　本当に同棲《どうせい》ってことになったら、一回くらいは顔見せに連れて来いって言われるとは思うけど。……怖い？」

　返事に詰まる健生を見て、帆乃花は「すぐにじゃなくていいから、一応考えといてね」と微笑む。

「健生、今日は居酒屋のバイト、何時から？」

「六時。その前に図書館に寄るから、そろそろ行かないとな」

　さらりと話題を変えられ、ほっとする。帆乃花のこういうところには敵《かな》わない。大胆に踏み込んだかと思えば、すっと後ろに退いて相手の反応を待つ余裕がある。賢く可愛らしく育ちも良く、恋人としては完璧で、自分には勿体《もったい》ない相手だと思う。

「じゃあ健生、これ、おじさんに渡しておいてくれない？」

　帆乃花は引き出しを開けると、可愛らしくデコレーションされたスクラップブックを取り出す。

表紙には、居酒屋のカウンター席で笑う子供達と帆乃花、店主の泰三《たいぞう》と健生が写った写真が貼り付けられている。背表紙には手書きの文字で『食育研究サークル活動記録』と書かれていた。

「まだ一年しか経ってないのに、すでに懐かしいよね。子供達、みんな元気にしてるかな」

帆乃花が目を細めてページをめくる。その顔を見て、あの場所が帆乃花にとって、完全に過去の思い出になっていることを知る。

「……直接、渡しに来たら?」

健生の言葉に、帆乃花はきょとんとした顔をする。

「おっさんも帆乃花に会いたがってるしさ。明日は定休日だし、たまには顔を見せに来いよ」

「……そっか。そうだね。卒業の前に、ちゃんと挨拶に行かなきゃね。他のメンバーにも予定を聞いて、あとでまた連絡するね」

「よろしく」

帆乃花の表情が一瞬曇ったことには気付かないふりで、健生は部屋を出た。オートロックのエントランスを抜け、駐輪場に向かう。自転車に乗って走り出すと、思いのほか風が冷たかった。厚手のパーカーのファスナーを喉許まで引っ張り上げ、首を縮めて大通りを走る。見慣れたモニュメントを横目に構内に入ると、金木犀《きんもくせい》のオレンジ色の花びらがアスファルトを覆っていた。この前来たときはむせるようだった甘い香りが、今日はほとんど感じられない。

図書館に向かって走る健生を、後ろから路線バスが追い越してゆく。千葉県の某テーマパーク五つ分もある敷地内では、ほとんどの学生がバスか自転車で移動する。揃いのジャージで走るアメフト部の集団を追い抜き、石畳の広場の前まで来て、健生は自転車を停《と》めた。後輩の大西《おおにし》が手を振っている。大西の後ろにはブルーシートが敷かれ、ペンキを塗ったベニヤ板が置かれていた。来月の学園祭に向けてパネル作りの真っ最中らしく、黄色の背景色の上に、丸みを帯びた茶色の物体が描かれている。

「カブトムシでも売るのか？」

「やだな、ケバブですよ。宿舎の奴らと屋台で荒稼ぎして、共用スペースに炬燵《こたつ》を買おうって話になって」

「お前、まだアパート借りてないのか」

「彼女ができたら、と思ってたんすけど、一向にできる気配がないんで、もはや卒業まで、あらゆる手段を使って居座るつもりです」

構内に複数ある学生宿舎は、バストイレキッチンは共用、個室はベッドと机を置くだけが精一杯の狭小空間なので、大抵の学生は二年目で外にアパートを借りる。しかし中には、大西のように四年間住み続ける強者《つわもの》もいるのだ。健生も一昨年までは居座っていたが、結局、自分よりもさらに金に困っている学生に譲る形で宿舎を出た。

「真島先輩、たまには遊びにきてくださいよ。みんな、先輩の豚汁の味を恋しがってますよ」

「そのうちな。それよりお前、出店もいいけどサークルにも顔を出せよ。一応部員だろ」

「えーでも俺、女子とキャッキャしたくて食サーに入ったのに、超ガチなんですもん。まさか長靴履いて大根引っこ抜いたり、肥料をまいたりするとは思ってなかったし。真島先輩も帆乃花先輩も、さっさと引退しちゃうし」

「就活だから仕方ないだろ。お前だって、年が明けたらぼちぼち準備しないとマズいんじゃないか」

「やなこと言わないでくださいよー。でも、去年のこども食堂はいい企画でしたよね。卒論にも絡められるし、面接受けもよさそうだし、なんだかんだ、先輩たちも第一志望に受かってるし」

「……別に就活のためにやったわけじゃねーよ」

思ったよりも険しい声が出てしまったが、大西は気付いた様子もなく「帆乃花先輩ってまだ、横国《よここく》の地元彼氏と付き合ってるんすかね？」と訊いてくる。

「どうだかな」

「俺、ダメもとで告ってみようかなー。やっぱ相手にされませんかね」

「お前はほんとに気が多いな」

前に会ったときは、ドイツからの留学生にひと目惚れをして、今更第二外国語の授業を履修する、などと話していた。

「真島先輩は、なんで彼女作らないんですか？　昔は地元の池袋《いけぶくろ》で派手なネーちゃん連れまわして、悪そなヤツとは大体友達だったんすよね」

「誰がそんなガセネタ撒《ま》き散らしてんだ」

野外ステージでは、ジャズバンドサークルがチューニングを始めている。健生は再び、祭りの準備で浮き立つ学生達の中を、自転車に乗って走り出す。「先輩、豚汁、絶対ですよー」という図々《ずうずう》しい声が、トランペットの音色に紛れてかすかに聞こえた。

「えっ、健ちゃんの内定先、ライナソースなの？　サイのマークの魔法瓶の!?」

常連客の川田《かわた》が目を丸くする。すかさず店主の泰三が、カウンター奥の厨房《ちゆうぼう》から得意げに身を乗り出す。

「そうなんだよ川ちゃん、仏頂面で口下手のこいつが、一流メーカーに内定を貰うなんてなぁ」

「しかも学費も生活費も一切親に頼らずで、だろ？　すごいよ健ちゃん、誰にでもできることじゃないよ」

「いや、俺も高校までは母親に頼りっきりだったんで、そんな大したもんじゃないっすよ」

カウンターに溜まった水滴を拭きながら、健生は、女手ひとつで自分を育ててくれた母との別れを思い出していた。普段は健生達の窮状になど知らん顔だった親戚のババア連中が、「いいお式だったわね」とハンカチを目に当てるのを、白けた思いで見下ろした日のことだ。

高校の卒業式の数日後で、まさか大学の入学式用のスーツに袖を通す前に、礼服を着ることになるとは思わなかった。そして、透き通るような青い空に消えていった母親を見送ったのだ。

「ますます偉いっ。うちの脛齧《すねかじ》り息子に、健ちゃんの爪の垢《あか》を煎じて飲ませてやりたいっ」

ろれつの怪しい川田にお釣りを渡し、店の外まで送り出す。千鳥足の後ろ姿を見送っていると、ネオンが灯《とも》る飲み屋街には似つかわしくない人影が、さっと視界を横切った。

「陽太《ようた》！」

久しぶりに会う陽太は、健生の呼びかけに迷惑そうに顔をしかめた。あどけない顔には不釣り合いなしゃがれ声で「何だよ」と唸《うな》る。

「何だそれ、風邪か？　声変わりか？」

「うるせーな、ほっとけよ」

「飯、まだなら、まかない食ってかないか」

陽太はじっと健生を見つめていたが、結局、何も言わずに走り去った。少し見ない間に、随分背が伸びた。

店に戻ると、客がいなくなった店内では、泰三が椅子に座って煙草をふかしていた。客の前では陽気に振る舞っているが、白髪頭の痩せた背中には疲労が滲んでいた。

「どうした、なんかあったか」

「陽太がいました。塾の帰りですかね」

「こんな時間までか？　大変だねぇ、今日びの子供は」

ぷかっと吐いた煙の向こうには、冷蔵庫の扉に貼りつけられたスナップ写真がある。一年前、大学の食育研究サークルの活動の一環として、こども食堂を開いていたときのものだ。大学の敷地の一角で子供達と畑を耕し、自家栽培の低農薬の野菜で調理した食事を低価格で提供する、という取り組みは、当時は地元新聞からの取材も入り、ささやかな話題になった。

だが中心メンバーだった帆乃花や健生が引退したことにより、活動は次第に下火になり、今ではサークル自体が自然消滅しかけている。

「あいつ、親御さんとは上手《うま》いことやってんのかねぇ」

「どうっすかね……」

健生も、そしておそらく泰三も、かつて陽太の父親が血相を変えて店に乗り込み、『食事代なら渡してるだろ、みっともない真似《まね》をするな！』と、陽太を無理矢理連れ帰った日のことを思い出していた。健生がサークルを引退する直前のことだった。

夜の十一時過ぎ、店の暖簾《のれん》を下ろしてアパートに帰る。昨今の都市開発から取り残されたような雑多な街並みに入り、学生宿舎よりもさらにうらぶれた、築六十年の木造アパートの前で自転車を停める。外付けの鉄骨階段を上り、三つ並んだドアのうち、真ん中のノブに鍵を挿す。古びて回りづらくなったシリンダーをガチャガチャやっていると、隣のドアが勢いよく開いた。ガラの悪い隣人に「うるせーぞ！」と怒鳴られるかと思いきや、飛び出してきたのは思いがけない人物だった。

「健生、やっと帰って来た！　遅ーい、ずっと待ってたんだから！」

しみったれた風景には似合わないカラフルな花柄が、文字通り目に飛び込んでくる。

「……美空《みそら》？」

「久しぶり！　会いたかったー」

タックルする勢いで抱き着かれ、絶句する。派手な花柄のワンピースを着た美空の背後では、隣の男が「俺が帰ってきたら、君んちの前で寒そうに震えてたからさ」とニヤついている。この部屋に越して二年、初めて目にする隣人の笑顔だった。

「じゃっ、コバさんありがとね！」

「またいつでも遊びに来てね、絶対だよ」

美空はコバ何某《なにがし》に笑顔で手を振ると、さっさと健生の部屋に入って行った。まだ現実を受け止めきれない健生の耳に、隣人がぬっと顔を寄せて囁く。

「君のお姉さん、美人じゃない」

「……はぁ」

「似てないけど、本当に姉弟？」

おざなりに会釈だけを返し、後ろ手にアパートのドアを閉める。狭い玄関には靴裏の赤いパンプスが脱ぎ散らかされていた。

「誰が姉ちゃんだって？」

「彼女です、って言っても親切にしてくれたかな？」

「アホか。そもそも知らない男の部屋に上がり込むなよ」

顔をしかめる健生を振り返り、美空は芝居がかった手つきで髪を掻き上げる。

「健生、あたしを誰だと思ってんの？　やらせそうでやらせない女の、プロだよ」

かつて池袋のクラブでナンバーを張っていたときは、長過ぎる爪の先にスワロフスキーだのテディベアだのショートケーキだのをくっつけていたが、今はボルドー色のマニキュアだけが塗られている。服装は派手だが、髪型と化粧が落ち着いたせいで、知らない女のようだった。

美空は部屋のあちこちを見回し、「やだ、襖《ふすま》がボロボロじゃない。何時代？　昭和？」と悲鳴をあげる。傍若無人な態度だけは相変わらずだ。

「ねーお風呂溜めてもいいでしょ？　風も強いし冷たいし、山ばっかりだし、東京から一時間とは思えないくらい田舎だね」

断る間もなく蛇口をひねり、美空はユニットバスのドアを開けたまま、ワンピースの裾をたくし上げてストッキングを脱ぎ始めた。長い髪を両手で後ろにまとめ上げ、「ちょっとチャック下げて」と背中を向けてくる。白い指にはウェーブのついた髪が絡まり、その隙間から、きらめくダイヤモンドが見える。

「何よー、ボサッとしちゃって。もしかして、一緒に入りたいの？」

立ち尽くす健生を振り返り、美空は、ふっくらとした涙袋を盛り上げて笑う。健生は無言のまま、乱暴にファスナーを引き下ろしてドアを閉めた。

「ちょっと、壊れたらどうするのよ。高価《たか》いのよ、これ」

そうだ、こういう女だった。

派手な水音と能天気な鼻歌を聞きながら、健生は額を押さえた。

美空の左手の薬指には、別れた日と同じ、銀のリングが光っていた。

かつて地元の池袋で一緒に暮らし、突然『ごめん健生、私、結婚する』と言って去って行った美空との、おおよそ四年ぶりの再会だった。

翌朝、健生は文字通り叩き起こされた。ベッドからずり落ちた美空のスマートフォンが、炬燵で眠る健生の顔を直撃したのだ。

ラインストーンがびっしりと貼りついたケースで覆われたスマホを持ち上げ、ぎょっとする。黒歴史としかいえない画像が壁紙に設定されていた。しばらく画面を睨み、見なかったふりで畳に放る。

カーテンに朝陽を遮られた部屋のベッドの端からは、白い脚が一本だけ、だらりとはみ出している。フリース素材の薄い毛布で覆われた体は、ウエストの部分がスプーンで抉り取ったかのようにくびれ、寝息に合わせて上下していた。昨夜は同じシャンプーと石鹸を使ったはずなのに、美空が身動きするたびに、やけに甘ったるい匂いがする。

「おい」

健生は、シーツに広がる美空の髪を摘まんだ。そのまま無造作に引っ張ろうとし、手が止まる。かつては枝毛だらけでパサついていた毛束が、今はしなやかに指に絡みついてくる。ハイブランドのワンピースや結婚指輪を見せつけられる以上に、美空が今の夫とどんな暮らしをしているのかを、はっきりと思い知らされた。

「おい、起きろ人妻！」

束《つか》の間《ま》の感傷を振り切り、手近にあったテキストで美空の頭を叩く。ついでに毛布をはぎ取ると、美空は「まだ寝かせてよ～」と呻《うめ》きながら身を起こした。朝が弱いのは相変わらずらしく、半分目を閉じたまま、首が据わらない赤ん坊のように頭を揺らしている。

「お前さ、やっぱり旦那と喧嘩したんだろ」

「も〜、やめてよ朝から」

「まさか追い出されたんじゃないだろうな」

「健生、うるさい。説教オヤジみたい」

美空は頭から毛布を被り、健生に尻を向けてベッドに寝転がった。子供じみた態度に呆れながら、いつものように手早く味噌汁を作り、冷凍していた白飯を解凍する。店から貰ってきた残り物の煮つけと一緒に掻き込んでいると、美空がうえっと顔をしかめた。

「信じらんない。朝からよくそんなに食べられるね」

「お前が食わなさ過ぎるんだよ。味噌汁だけは鍋に残してるから、あとでちゃんと食っとけよ」

「そんなに急いで、どこに行くの？」

「学校」

「えー、せっかく会いに来たのに、今日くらいサボってよ！」

「ゼミの単位落としたら卒業できねーんだよ」

リュックサックを背負い、スマホを充電器から外す。通知をチェックすると、帆乃花からメッセージが届いていた。

「なーに、彼女？」

「サークル仲間」

ずるずるとベッドから這《は》い出した美空が、背中にのしかかってくる。健生は素早くメッセージを確認し、手帳型のケースを閉じた。

「なんで隠すのよ！　ねーねー、どんな子？　あたしに似てる？」

「俺が付き合うとしたら、お前とは正反対の女だよ」

「何よそれー」

じゃれつく美空を振り切り、部屋を出る。帆乃花からのメッセージは、サークルの他のメンバーがつかまらないので、今日はふたりだけで泰三に挨拶に行こう、という内容だった。

「健生、何時に帰って来るの？」

階段を下りて振り返ると、部屋から出てきた美空が、外廊下の手摺《てすり》から身を乗り出して手を振っていた。

「行ってらっしゃーい、早く帰って来てねー！」

「そんな恰好で外に出るな、アホ！」

ぶかぶかのスウェットの裾から太腿を剝き出しにする美空に顔をしかめ、自転車のスタンドを蹴って走り出す。一緒に住んでいた頃、うんざりするほど繰り返したやりとりだった。

起き抜けの薄暗い部屋で見た美空のスマホの壁紙には、あの頃のふたりの写真が設定されていた。髪の毛をお揃いの金茶色に染め、美空がまだ舌の真ん中にピアスを嵌《は》めていた頃のものだ。

大方、旦那へのあてつけか、ただの気まぐれだ。

後ろを振り返りたくなる気持ちに追いつかれないように、健生はサドルから腰を浮かせ、強くペダルを踏んだ。

「じゃあ帆乃花ちゃんも、春から晴れてスズカケ出版の編集者か！　あれだろ、昔っからある大きな会社だろ？」

「希望通りの部署に行けるか、まだわからないですけど……」

帆乃花は手土産のどら焼きを泰三に差し出しながら、はにかんだように微笑む。

「採用担当の人が、たまたま新聞のこども食堂の記事を読んでくれてたんです。そこから話が弾んで興味を持ってもらえたので、おじさんのおかげです」

「いやいや、帆乃花ちゃんの実力だよ」

なぁ、と泰三に同意を求められ、健生は電気ケトルのスイッチを入れながら頷《うなず》いた。店の厨房奥にある六畳間で、三人は小さな卓袱台《ちゃぶだい》を囲んでいる。

始まりは二年前、帆乃花が準備中の店に飛び込んできたことだった。ひっつめの団子頭にサークルのロゴTシャツを着た帆乃花は、『こども食堂の開店に協力してくれませんか！』と、必死の形相で泰三に願い出た。厨房で仕込みをする健生に気付くと『もしかして、社会学部の人？』と目を丸くし、『知ってる人がいて、ほっとしちゃった……』と、泣きそうな顔で笑った。二軒隣の焼き鳥屋の店主に『学生のボランティアになんか付き合ってらんないよ、こっちは遊びで商売してるんじゃないんだよ！』と追い返されたばかりだったらしい。

「そうか、もう一年になるか。年寄りの俺にとっちゃあ、つい昨日のことみたいだよ」

　泰三はスクラップブックのページをめくり、懐かしそうに子供達の笑顔を眺める。ページの左隅に、今よりも少し幼い陽太がいた。三角巾にエプロン姿でジャガイモの皮を剝いている。陽太が最後に店に来た日の写真だった。

　あの日、陽太の父親が血相を変えて店に乗り込んできたときは驚いたが、もともとはこちらのミスだった。食堂に来る子供達は原則的に親の承諾を貰っていたが、メンバーが『こいつの親も帰って来るの遅いから』と他の子供を連れてくることもあり、陽太もそうした内のひとりだった。陽太の父親は、同級生の保護者づてにこども食堂のことを知り、ひどく驚いたのだという。

　陽太を無理矢理連れ帰った翌日、父親は菓子折りを持って店を訪れた。『取り乱してしまって、お恥ずかしいです』と平身低頭する姿からは、前日とは違う、穏やかで優しげな人柄が感じられた。男手ひとつで精一杯不自由させずに育てているつもりだったので、他の保護者から当て擦りのようなことを言われ、カッとしてしまった、と話していた。

　こども食堂を利用する親子の家庭事情は様々だ。経済的に困窮している家庭ばかりではなく、共働きで子供にひとりで食事をさせることを気に病む親や、託児所代わりに気軽に子供を預ける親もいる。そういった事情を説明したものの、陽太の父親は『うちよりも、もっと困っているご家庭があると思うので、利用させていただくのは申し訳ないです』と恐縮するばかりだった。あれ以降陽太は、一度も店に顔を出していない。

「陽太君？　健生に一番懐いてたよね」

健生の視線に気付いた帆乃花が、身を乗り出してスクラップブックを覗き込む。

「そういや昨日、店の前で見かけたって言ってたな。親父さんも毎日帰りが遅いみたいだし、寂しい思いをしてんのかねぇ」

「寂しい――だけじゃない気がするんすよね、あいつの場合」

健生の呟きに、泰三と帆乃花が不思議そうな顔をする。健生はケトルのお湯を急須に注ぎながら、店での陽太の様子を思い出した。

陽太は、他の子供達のようにサークルメンバーと触れ合うよりも、厨房で料理の手伝いをすることを好んだ。野菜の泥落としや皮剝きを任せると、初めはおっかなびっくりだったが、すぐに器用にこなすようになった。思えば健生が初めて包丁を使ったのも、陽太と同じ年頃だった。だからこそ、特別に肩入れしてしまうのかもしれない。

泰三はどら焼きをひと齧りし、「しかし水くせぇよなぁ」と溜息をつく。

「昔はどこんちの子供だろうが、拳骨《げんこつ》したり鼻水拭いてやったり、飯を食わせたりするのが当たり前だったもんよ。それが今は、ちょっとちょっかい出しただけでどやされちまう。プライバシーだの個人情報だの言って、よその家の中で何がどうなってんだか、ちっともわかりゃしねぇ。だからな、帆乃花ちゃんのおかげで久しぶりにお節介ジジイができて、俺は本当に楽しかった。最後にいい思い出を作ってくれて、ありがとよ」

急に気弱なことを言う泰三に、健生と帆乃花は顔を見合わせ苦笑する。

「なんすか、最後の思い出って、縁起でもない」

「そうですよ、春になったら会社の同期と遊びに来ますから、また美味《おい》しいものをたくさん食べさせてくださいね」

「どうだかなぁ、そろそろ店を畳もうかとも思ってるしな。俺もいい年だし、いい加減体もしんどいんだわ」

まばらに残った白髪頭を搔き、泰三は目尻に皺を寄せて健生を見つめた。

「お前が就職試験に滑ったらふたりで店をやってよ、最後には全部丸ごとお前にくれてやろうと思ってたけどな。張り合う相手が大手企業のライナソースじゃあなぁ」

そう言って六畳間から後ろを振り返り、泰三は、使い込まれた古い厨房を愛《いと》おしげに眺めていた。

健生は明日の仕込みを手伝ってから帰るつもりだったが、泰三に「デートでもしてこいや」と気を回され、店から追い出された。

自転車を押しながら、帆乃花と並んで古い飲み屋街を歩く。傾きかけた太陽が、普段はネオンの灯りに隠された街並みの綻びを、隅々まで露《あら》わにしていた。

「健生と一緒にこの道を歩くの、久しぶりだね」

店舗テントが破れたスナックの前で帆乃花が微笑む。今日は薄く化粧をし、ヒールのあるブーツを履いていた。今目の前にいる帆乃花と、出会った頃、化粧気のない顔でサークルのために奔走していたスニーカー姿の帆乃花が、健生の中では上手く重ならない。

「帆乃花はこのあと、なんか用事?」

「どうして？」

「綺麗な恰好してるし、店にいるとき、何回か時計を見てたから、時間がないのかなって」

責めるつもりはなかったが、帆乃花はばつが悪そうに目を伏せた。

「今日ね、妹の誕生日だから実家に顔を出そうかなって。健生も、よかったら一緒に行く？」

「……いや。今日はやめとく」

今朝、部屋の前で手を振っていた美空の姿が頭をよぎった。

「俺が急に行ったら困るだろ。地元の彼氏に会っても気まずいし」

帆乃花のヒールの音が止まる。振り返ると帆乃花は、傷ついたような顔で健生を見つめていた。

「何それ……そんなふうに思ってたの？　もうずっと会ってないし、連絡だって取ってないよ」

帆乃花には、高校時代から付き合っている恋人がいた。大学で離ればなれになり、すれ違いに悩んでいると、何度か相談を受けた。彼氏の浮気や、単位が足りずに留年しても深刻な素振りがないことに、『何考えてるのか全然わかんない……』と泣きじゃくることもあった。そんなふうに帆乃花の悩みを聞くうちに、なし崩しにこんな関係になった。

ふたりきりで会うようになってからは、帆乃花の口から彼氏の話題が出ることはなくなった。だが帆乃花は相変わらず月に何度も地元に帰っていたし、帆乃花の部屋以外の場所では、お互いにただのサークル仲間として振る舞ってきた。

「この前、私が一緒に住もうって言ったときに変な感じになったのって、そのせい？」

「そのせいっていうか……俺はずっと、帆乃花にとって二番目なんだと思ってたからさ」

「二番の方が居心地がよかった？」

帆乃花の指先が、健生のパーカーの袖口を摘まむ。長い睫毛《まつげ》に縁どられた瞳が、泣き出しそうに潤んでいた。

「私達、始まり方が普通とはちょっと違ったかもしれないけど……私は、もうずっと前から、健生のことしか見てないよ。卒業してからも、その先も、ずっと一緒にいたいと思うのは、健生だけだよ」

「うん……でも、それってさ、俺がライナソースに内定を貰ってなくても？　それでも、地元の彼氏じゃなくて俺の方に来た？」

言葉を選ぼうとしたが、結局はストレートな物言いしか思いつかなかった。

帆乃花はぎゅっと唇を噛んでから、「わからない」と弱々しく呟く。

「だけど私が健生のことを好きになったのは、そういうところだよ。いつまでも親に甘えてる私とかとは違って、健生はちゃんと自立してて、就活でだってちゃんと結果を出してる。そういう健生をかっこいいと思ったの。それじゃダメかな？」

真っ直ぐな瞳に、逆に追い詰められているような気分になる。気まずい雰囲気のまま、飲み屋街を抜け、舗装された大通りに出た。

駅ビルの壁面に貼られたライナソースの巨大広告が、いやでも目に入る。制服姿のアイドルが、新製品の水筒を掲げて笑っていた。

「健生、まだ内定承諾書を出してないんでしょう」

横断歩道の前で立ち止まった帆乃花が、ぽつりと呟く。図星だった。

「もしかして、さっきおじさんが言ってたこと、本気で考えてる？　健生が自分の人生を犠牲にしてお店を継いだって、おじさんは喜ばないよ」

「……なんだよそれ」

「こども食堂は終わったけど、これからは他のかかわり方ができるんじゃないかな。私は出版社の児童書部門で、子供達をわくわくさせる本を作りたい。本の向こうにある世界を見せることで、今苦しい思いをしている子供達の心を、少しでも軽くできるんじゃないかと思ってる。健生だって同じじゃない？　ライナソースのエントリーシートに『大切な人に温かいものを届ける仕事がしたい』って書いてたじゃない。小学生の頃、仕事で明け方に帰って来るお母さんのために、健生がお味噌汁を作って魔法瓶に入れてたって。その話、すごく素敵だと思った。ライナソースの魔法瓶が、健生とお母さんの絆《きずな》を繋ぐバトンになってたんだよね。健生もそんなふうにして、助けが必要な親子のために頑張れることがあるんじゃない？」

立ち止まったままのふたりの前で、歩行者信号の青色が点滅する。後ろから来た学生服の集団が、駆け足で健生の横をすり抜けて行く。

「健生がこども食堂とあのお店にこだわるのは、前に進むのが怖いからじゃない？　居心地がいい場所から、抜け出したくないだけだよ」

健生は、ライナソースの巨大なロゴマークから視線を外し俯《うつむ》いた。自転車の銀色のハンドルには、ひん曲がった自分の顔が小さく映り込んでいた。

「私、何か間違ってる？　間違ってるなら、ちゃんと言って」

「間違ってない。何も言えない」

「じゃあ、どうしてそんな顔するの」

　赤に変わった信号が、再び青に変わる。帆乃花は「ここでいいよ」と呟き、足早に横断歩道を渡って行った。広告のアイドルの笑顔に、行け、追いかけろ、と責め立てられているような気分になった。それでも健生は、結局はふたりに背を向け、自転車を飛ばしてアパートに戻った。

　淀《よど》んだ気分でドアを開けると、狭い部屋には、安っぽい油の臭いが充満していた。

「あ、健生、おかえりー」

　美空がベランダに面した窓を開けて戻ってくる。隣の男と仕切り板越しに酒盛りをしていたらしく、朝とは別人のように上機嫌だ。

「ねぇねぇ、コバさんに缶ビール貰ったんだけど、飲まない？」

「いらねーよ、自分で飲めよ」

「あたし、お酒は色付きのシャンパンしか飲まないもーん」

　美空はペットボトルに口を付け、白い喉を反らす。コーラでそれ程酔えるのなら、高級シャンパンなんて必要ないだろ、と言ってやりたくなる。

　炬燵の天板には、デリバリーの四角いケースが置かれている。蓋を開けると、白い厚紙にはべったりと脂が滲み、食べ残しのピザが二切れへばりついていた。

「……お前さ。こういうジャンクフードも、炭水化物の塊も、昔は美容の敵だって言ってたよな?」

「そうだっけ? ねー、それより明日、リンスとトリートメント買ってきてくれない? シャンプーだけだと、髪がキシキシするのよねー」

髪の毛に手櫛《てぐし》を入れながらぼやく美空を無視し、台所に向かう。コンロの上に置かれた片手鍋の蓋を開けると、朝作った味噌汁が、手つかずのまま残っていた。

「あんなもん食うなら、味噌汁飲めよな……」

金杓子《かなじやくし》ですくい、直接口をつける。いつもは入れない隠し味の砂糖が舌にべたつく。四年近く経ってもまだ美空好みの味を忘れていない自分が、心底間抜けに思えた。


フォン、とスマホが気の抜けた音を鳴らす。帆乃花からの新着メッセージだった。

『いつなら会える?』の後ろにくっついた泣き顔のマークを、健生は畳に寝そべったまま眺めた。昨日も『ごめん、言い過ぎたよね』『もう一回、ちゃんと話したい』というメッセージを、既読のまま放置してしまった。

ろくに磨いていない窓の外には、秋晴れの空が広がっている。ピンチハンガーに雑に吊るされた美空の下着が、風を受けてはたはたと揺れていた。

朝起きると当たり前のようにベッドで美空が眠っていて、バイトから帰ってきてドアを開けると、部屋の中には甘ったるい匂いと美空の体温が籠っている。うっかりすると、こんな日々がまた、ずっと続くような気がしてしまう。

「お前さ、いつまでいる気？」

「何よー、迷惑なの？」

健生のノートパソコンを覗き込んでいた美空が、不服そうに唇を尖らせる。

「何か俺に話があるんだろ。旦那に追い出されて行くとこないのか？」

「残念でした、超仲良しでーす、愛されてまーす」

ふざけた口調でうそぶきながら、美空は健生から目を逸らした。何か後ろめたいことがあるときの癖だ。過去に高価な化粧品セットを買って生活費を使い込んだときも、ホストに入れ揚げたアホなキャバ嬢に金を貸したときも、結婚報告の前後も、こんな様子だった。

「ねぇ、それよりこれ、何の写真？　ここ、健生がバイトしてるお店？」

画面には、書きかけの卒論が表示されている。現代人のヘルスリテラシーの向上の重要性について論じたものだ。文書ファイルにはこども食堂の調理風景の写真を貼り付けてある。幼少期の食育の一例として、陽太に野菜の皮剝きを教える健生の姿が写っている。

「健生、ほんとに料理が好きだよね。台所に立ってるときが一番良い顔してるね」

「うるせーな、適当なこと言うなよ。……どうせ食わねーくせに」

美空は、この五日間、健生が作った料理をほとんど口にしていない。毎朝作る味噌汁にも、店から貰ってきた残り物にも手を付けず、時差ボケで気分が悪いのなんのと適当な理由をつけてベッドに潜り込む。そのくせバイト終わりの健生にフライドポテトやチキンをねだっては、深夜に貪り食い、翌朝「やだニキビができたー」などと悲鳴をあげる。アホとしか言いようがない。

美空の体を押しのけPCの電源を落とし、出掛ける準備を始める。くたくたのスウェットを脱ぎ、形状記憶のワイシャツに袖を通していると、美空が不満げに眉を寄せた。

「えー、またどっかに行くの？」

「内定先で面談。こっちは暇な人妻と違って忙しいんだよ」

「感じ悪ーい。カバだか虎だか知らないけどさ、健生、卒業したら本当に、その魔法瓶の会社で働く気？　昔は料理の道に進んで自分の店を持ちたいって言ってたのに」

「いつの話だよ」

「ほんとは行きたくないんでしょ？　サボっちゃおうよ、ネズミちゃんの国のハロウィンイベントに行こ！　前に約束したじゃん」

「だから、いつの話だよって。面談すっぽかして内定取消されたらどうするんだよ」

「いいじゃん別に」

「あのなあ」

健生はネクタイを結びながら美空を睨んだ。よっぽどふざけた顔をしているだろうと思ったが、意外にも美空は真顔だった。真剣な表情に、こちらの方がたじろいでしまう。

「健生、本当は今のバイトを辞めたくないんじゃないの？　こども食堂とかいうのも、続けたいんじゃないの？　他にやりたいことがあるのに、なんでわざわざ違う方に行こうとするの？」

ぐっと喉を押さえられたような気分になり、ネクタイの結び目を緩めた。美空に背を向けジャケットを羽織る。

「そんなわけないだろ。何のために四年間、必死こいてバイトしながら単位稼いだと思ってんだよ」

「いい会社に入って、いい暮らしをするため？　それって、そんなに大事なこと？」

美空が健生のジャケットの袖を摑む。その指には、今日も銀のリングが光っている。一列にずらりと並んだダイヤモンドが、健生の視線を跳ね返すように輝いていた。

「……お前が言うか」

怪訝な顔をする美空を振り切り、玄関に向かう。

「ちょっと待ってよ健生！　自分の顔、鏡で見てみなよ！　その顔、本当は言いたいこととかやりたいことがあるのに、我慢してるときの顔じゃん！」

「いい加減にしろよ！」

玄関まで追いかけてきた美空が、怯んだように身をすくませる。

健生は革靴に足を入れ、ドアノブに手を掛けて美空を振り返った。

「お前が結婚するって言ったときにさ。俺、『わかった、幸せになれよ』って言ったよな」

「……うん」

「あのときの俺、どんな顔してた」

美空が小さく息を呑んだ。

逃げるように部屋を出て、階段を下り切る頃には、すでに後悔していた。せっかくセットした髪を、我慢できずに掻き回す。

健生のぶかぶかのスウェットを着て玄関に佇《たたず》む美空は、まるでこれから留守番をさせられる子供のようだった。

慣れない革靴で駅に向かう。履き古したスニーカーとはまるで違う硬い靴底の感触が、地に足を着けろ、と囁いているようだった。


採用担当者から月末の内定式に向けての説明を受け、その他いくつかの質問をやりとりしてライナソースの本社を出る。電車を乗り継ぎ駅に着く頃には、すっかり日が落ちていた。

路線バスの乗り場に向かう途中で足を止める。駅ビルの一階にあるガラス張りのファストフード店に、陽太の姿を見つけた。頬杖をつき、口をへの字にして窓の外を睨んでいる。ハーフパンツから伸びる脚は棒のように細く、底の厚いゴツゴツしたスニーカーがやたらと重たそうに見えた。

「よう」

カウンターでホットコーヒーを買い、小さな背中に声を掛ける。陽太はぎょっとしたように肩を跳ね上げた。

「なんだ真島か。オッサンみたいな恰好してるから、わかんなかった」

「似合わないってか」

「むしろ似合い過ぎる。生まれつきオッサンみたいに見える」

憎まれ口を叩く陽太の隣に座る。Mサイズの透明なプラスチックカップの底には、溶けた氷で薄まったコーラが残っていた。

「塾、サボってんのか。親が稼いだ金をドブに捨てるようなことするなよな」

「説教するなら隣に座るなよ。オレは公立中に行きたいって言ってんのに、勝手に申し込まれて迷惑してんの」

むくれ顔でストローをいじる陽太の指には、絆創膏《ばんそうこう》がいくつも貼られている。ひとりで包丁を使って失敗したのだ、という。

「家で豚汁を作ろうと思って、真島と一緒にやった牛蒡《ごぼう》のささがきをやってみたけど、全然できなかった。親がいないときにこっそり作ったら、ひとりで包丁もコンロも触るなって、めちゃくちゃ怒られたし。カホゴなんだよ」

ふてくされた様子の陽太に、つい噴き出してしまう。なんだよ、と陽太はますます眉を寄せた。

「いや、昔を思い出してさ。俺もお前みたいに台所で踏み台に乗って、まずい味噌汁を作ったなって」

「一緒にすんな、もうそんなにチビじゃねーよ」

陽太はフンと鼻を鳴らしてから、やけに大人びた顔つきで溜息をつく。

「オレの親、いっつもヘロヘロで仕事から帰ってくるのに、なんでもひとりでやろうとして突っ張って、見てられないんだよな。最近は特に、ちゃんと手料理を作って一緒に食べなきゃってむきになっててさ。別にオレは、家で飯を作ってほしくて、ああいうことをしたわけじゃないのに」

ああいうこと、というのは、父親に秘密でこども食堂に通っていたことだろうか。陽太はトレイに残ったフライドポテトの欠片《かけら》をいじりながら、「あのさ」と切り出す。

「あの場所が無くなったのって、オレのせい？」

健生は首を振り、苦笑いで陽太の肩を小突いた。

「そんなわけないだろ。こっちの都合だよ」

「でも、うちの親がさ……」

「全然関係ねーよ。俺も他の三年も就活でバタバタしてたし、後輩の数が少なくて上手く引き継ぎができなかっただけだよ。本当は俺も、みんなと一緒に、ずっと続けたかった」

「ふーん……」

誰にも言えなかった本音が、自然と口からこぼれた。カウンターに並んで頬杖をつき、ガラスの向こうを眺める。目の前に広がるのは帰宅ラッシュの人波が絶えない夜の街だが、思い浮かぶのは、あの店での懐かしい風景だ。隣にいる陽太も、同じものを見つめている気がした。

「葵《あおい》もナナも龍《りゅう》も可南子《かなこ》も、元気でやってんのかな」

陽太がストローを口から離して呟く。ほとんど厨房にばかりいた陽太が、他の子供達の名前を覚えていたことが嬉《うれ》しかった。

「そうだな。さゆりは、逆上がりできるようになったかな」

「なってた。オレ、同じ学校だから、校庭で時々見かける。幹夫《みきお》もクラス替えしてから友達ができてて、フツーに上手くやってるっぽい。……何だよ？」

「いや別に」

緩んだ口許を隠したが、スラックスの脛をスニーカーで蹴られた。

「おっさんは元気？」

「お前に会いたがってたよ」

「大西は彼女できたのかなー」

足をぶらぶら揺らしながら、同級生の心配をするような口ぶりで言うので、笑ってしまった。

「この前、大学で会ったな。顔にペンキつけて、下手糞《へたくそ》な絵を描いてた」

冷めてしまったコーヒーを飲みながら、ふと大西との約束を思い出す。陽太が「何だよ」と怪訝そうに首を傾げた。

「お前さ、さっき、何の料理で失敗したって言ってた？」

「豚汁だけど」

「これから、ちょっと時間あるか？」

陽太の目がぱっと輝く。だがすぐに嬉しそうな表情を引っ込め、斜に構えた態度で顎を反らす。

「別に暇だけど？　親は八時過ぎまで仕事だし」

「お父さんと連絡取れるか？　携帯持ってたよな、ちょっと電話しろよ」

「やだよ、何でだよ」

「言う通りにしたら、いいとこ連れてってやるよ」

陽太は顔をしかめながら、渋々キッズケータイを取り出した。ひしゃげた唇とは裏腹に、まだ丸みの残る頬は、期待を隠しきれずにほころんでいた。


学生宿舎の共用の台所は、寸胴《ずんどう》鍋からこぼれる蒸気と、入れ替わり立ち替わりする男達の熱気のせいで、ワイシャツ一枚でも汗が滲む。

大西はマグカップに注いだ豚汁を飲み干し、大げさに身を震わせた。

「沁《し》みます、最高です……真島先輩は俺の心の父ちゃんです」

「お前みたいな息子はお断りだよ」

一杯百五十円な、と手を突き出すと、大西は「奢《おご》りじゃないんすか」と不服そうにポケットを探った。

駅から陽太とバスに乗り、大学構内のスーパーで買い出しを済ませ、二年ぶりに学生宿舎を訪ねた。かつて愛用していた寸胴鍋を戸棚の奥から引っ張り出し、狭い台所で陽太に包丁の使い方を教えながら、大量の豚汁を作った。香りに誘われぞろぞろとやってきた後輩達に豚汁をふるまい、バイト帰りの大西が顔を出した頃には、鍋の中は残りわずかになっていた。

「うちの親、こっちに向かってる。十五分くらいで着くって」

部屋の隅でキッズケータイを耳に当てていた陽太が戻ってくる。

ファストフード店で電話をかけ、健生が事情を話すと、陽太の父親は戸惑いながらも了承してくれた。

『大学見学、っていったら大げさですけど、陽太君にとって、いい刺激になると思うんです』

少々無理があるこじつけだったが、陽太が「なんか変な奴ばっかで、面白そうなところじゃん」と声を弾ませているところを見ると、案外嘘から出たマコトになったのかもしれない。

「真島はさ、なんでこの学校を選んだんだよ。受験とかいやじゃなかった？　勉強すんのが好きなのか」

「好きそうに見えるか」

「全然」

遠慮なく言う陽太に苦笑する。

「俺の場合は、やなやつを見返すためだったな。うちは母親がひとりで働いてて、そこそこ貧乏で、教師にも周りの親にも見下されてると思うことが結構あってさ」

中学時代、健生が提出した進路希望調査票を見て、担任の教師は意外そうな顔をした。

『高校に行って遊びたいだけなら、就職の方がマシだぞ。あのお母さんに、あんまり苦労をかけるなよ』

あの、という部分に粘ついたアクセントを付け、いけ好かない担任は薄く笑った。

『今時、高卒も中卒も大して変わらないんだからさ。どうせ、大学まで行くつもりはないんだろ？』

あの言葉がなかったら、健生はきっと高校に進学することも、アルバイトと受験勉強に明け暮れながら今の大学に滑り込むこともなかった。

「俺がいい大学に行って、いい会社に入ったら、俺達を見下してきた奴らに、親子でざまぁみろって言ってやれると思った。だから死ぬ気で勉強したよ。今考えると、しょうもない理由だよな」

「じゃあ、真島の母ちゃん、いま喜んでる？」

「……どうだかな」

洗い物を終えシンクを磨いていると、掃除を手伝わせていた大西が「えっ、なんすか、どうしたんすか！」と素っ頓狂な声を上げた。台所の入り口から、帆乃花が顔を覗かせていた。

「帆乃花先輩、久しぶりっすね！　めちゃくちゃ綺麗になってません？」

「そうかな？　ありがと」

帆乃花は微笑みながら髪を耳に掛け、「ちょっと健生を借りてもいい？」と言う。笑顔だが、頬が強張っていた。大西は目を丸くし、健生と帆乃花を交互に見る。

「え、呼び捨て？　は？　どういうこと？」

「うるせーよ、お前は」

「真島先輩、帆乃花先輩が俺の心の恋人だって知ってましたよね？　何してくれてんですかっ」

「何番目の恋人だよ、アホ」

濡れた手を拭いてシャツの腕まくりを戻す。陽太を見ると、「いいよ、もう親が迎えに来るし、さっさと行けよ」と生意気な顔をする。

「父ちゃんに、お前が作った豚汁、ちゃんと食わせてやれよ」

陽太は誇らしげに頷き、歯を見せて笑った。今まで見た中で一番子供らしい、屈託のない顔をしていた。

大西に陽太を頼み、帆乃花と共に宿舎を出る。帆乃花の白い息からは、かすかにキャラメルの香りがした。

「そこのカフェでお茶してたら、エリカが、健生が子供と一緒に宿舎に入るのを見たって言ってたから——でも、本当にいるとは思わなかった」

「大西に豚汁作りに来いって頼まれててさ」

「私、健生が返事をくれるのをずっと待ってたのに……豚汁よりも、後回しなんだね」

「……ごめん」

帆乃花はぎゅっと唇を噛んだ。鼻の頭が赤くなっていた。

「私ね、一時間くらい前にも、一回宿舎を覗きにきたの。健生と陽太君、すごく楽しそうに台所に立ってて——なんか、声を掛けられなかった。ふたりとも、すごくいい顔してた。私が割り込む余地なんかなかった」

それきりしばらく無言のまま、ふたりで暗闇の中を歩いた。あまり手入れをされていない街路樹が、夜の風に葉を揺らされ、乾いた音をたてていた。

「あのさ」

切り出した健生の言葉を封じるように、帆乃花が「ねぇ」と切羽詰まった声をあげる。

「ライナソースで働きながら、ボランティアとして続けるのはだめなの？　そういう人だっているじゃない」

「俺はそんなに器用じゃないよ。多分、また前と同じことになる」

引退したあとも健生は、できるだけ食堂の運営に携わろうとした。だが健生がフォローしようとすればするほど、後輩達は及び腰になっていった。全体の人数が減り、ひとりひとりの負担が大きくなると、活動を休むことに罪悪感が生まれる。やむを得ず休んでしまうと、次回からは顔を出しにくくなる。そんなふうにして、サークル自体がゆっくりと衰退していった。

自分がサークル活動に時間を割けない中で、後輩達に多くを求め過ぎたのだ。

「どうして……？　そんなの、絶対おかしいよ」

帆乃花の声に涙が混じる。路線バスがふたりの横を通り過ぎ、ヘッドライトが帆乃花の泣き顔を一瞬だけ照らした。

「健生、四年間ずっと、誰よりも頑張ってきたじゃない。バイトも講義も真面目に出て、本当はサークル活動を手伝う余裕なんかないはずなのに、私の相談にも親身になってくれて、いつも誰よりも一生懸命で——健生のそういうところが、就活の選考でも評価されたんじゃないの？　やっと努力が報われたのに、どうして今になって全部無駄にしようとするの？」

「無駄じゃないよ。この学校に来たから帆乃花に会えた。帆乃花に会ってなかったら俺は、自分が本当にやりたいことに気付けなかった」

帆乃花が息を呑む音が、かすかに聞こえた。

「帆乃花が、ずっと一緒にいたいと思ってる、って言ってくれたのは嬉しかった。でも、これから俺と一緒にいても、帆乃花はがっかりするだけだよ」

帆乃花の潤んだ目が、真っ赤になっていた。

初めて言葉を交わしたときも、帆乃花はこんなふうに涙をこらえていた。サークルのメンバーの前ではいつも笑顔だった帆乃花は、健生とふたりきりのときは、何度も泣いた。それが付き合っている彼氏への愚痴でも弱音でも、あてつけでも、自分にだけ素の顔を見せてくれることが嬉しかった。きっと一生帆乃花の一番になれないとわかっていて、それでも、ちゃんと帆乃花が好きだった。

「俺達、最近は会えばいつもぎくしゃくして、何かあればごめんって謝り合ってたけどさ。そういうの、なんか違うよな。俺も帆乃花も、悪いことなんてしてない。大事にしたいものが違うだけだよ。俺は、帆乃花が一緒にいたいと思うような俺にはなれない。ごめん」

ふたりとも、長い間その場に佇んでいた。やがて帆乃花のすすり泣きを掻き消すように、救急車のサイレンが近付いてくる。点滅する赤いライトを見て、自分と帆乃花が、いつのまにか大学病院の傍まで来ていることに気付いた。

ふたりの目の前で救急車が停まり、隊員が担架を運び出す。続いて降りてくる付き添いの男を見て、健生は目を剝いた。隣人の小林《こばやし》だった。担架に横たわる人影に、「お姉さん、大丈夫!?もう病院だからね、頑張ってね！」と、しきりに声を掛けている。いやな予感がした。

咄嗟《とっさ》に駆け寄ると、小林が「あっ、弟！」と野太い声をあげる。担架の中の美空が、腹を押さえ苦しげに呻いていた。一気に血の気が引いた。

「お姉さん、弟君が来たよ！　もう安心だからね、頑張ってね！　お腹《なか》の赤ちゃん守れるのは、お母さんだけだからね！」

「――は？」

「馬鹿野郎、姉ちゃん、妊娠してんだろ！」

小林が唾を飛ばして怒鳴る。頭が真っ白になった。

棒立ちのまま固まる健生に、隊員が「ご家族の方ですか？」と尋ねる。

「健生……」

担架に乗せられた美空が、弱々しく囁いた。そっと伸ばされた手の汗ばんだ感触に、ようやく我に返る。

「はい、家族です」

美空と救急隊員と共に、慌ただしく病院の中に駆け込む。後ろで帆乃花が、「どういうこと……？」と呟く声が聞こえた。


救急外来の診察待合の椅子に座り、健生は白々とした天井の灯りを眺めていた。隣では美空が、俯いて小さくなっている。

「お前さ」

「……ハイ」

診察を終えた美空は、さすがにしょぼくれた様子で、しおらしい声を出す。

「今日何食った?」

「ハンバーガー二個とポテトとナゲットとコーラ。あと、アイスクリームも」

「食いすぎなんだよ」

結局のところ、美空の腹の中の子供は無事だった。診察室で医師が「えーと、そこは子宮じゃなく、胃ですね……胃下垂気味ですか?」と美空に訊ねたときは、ほっとして腰が抜けそうになった。妊娠中でも飲める胃薬を処方してもらうという美空と別れ、先に受付ロビーへと出る。静まり返ったソファスペースに、帆乃花が座っていた。

「小林さんは?」

「夜勤のバイトがあるから、先に帰るって。お姉さんが無事でよかった、って言ってた」

お姉さん、という部分に力を込め、帆乃花は健生を睨む。

「どういうこと? 健生、ひとりっこだったよね。あの女《ひと》、もうずっと健生の部屋に泊まってるんだってね。妊娠って何?」

矢継ぎ早の質問に面食らっていると、帆乃花は顔を歪め、「最低……」と吐き捨てた。

「年上じゃない、オバサンじゃない! どこがいいのよっ。健生って、マザコンなんじゃないの!?」

思いもよらない言葉に、健生はぽかんと口を開けて帆乃花を見つめた。震える睫毛で縁取られた大きな瞳には、ひどい間抜け面の自分が映っている。

「……かもな」

ぐっと呑み込もうとしたが、小さな笑いが零《こぼ》れてしまう。肩を震わせ、ついには咳《せ》き込みながら大笑いをする健生を、帆乃花は唖然《あぜん》としたように見つめていた。その顔が徐々に赤く染まってゆく。

最後は、強烈なビンタで終わった。

「お互い二番目だった、っていうことなんだね。バイバイ、健生」

涙で化粧が剝げた顔で、帆乃花は唇を歪めて微笑んだ。こんなときなのに、初めて帆乃花が店に飛び込んできた日の、強張った笑顔を思い出した。最近の完璧に整った笑顔よりも、ずっと近くに感じたのが不思議だった。

帆乃花のブーツの音が消え去り、再び訪れた静寂のあと、美空がとぼとぼと歩いてくる。タクシーを呼ぼうとしたが、美空は少し歩きたいという。健生はジャケットを脱ぎ、寒そうに身をすくませる美空の肩に掛けた。

「何ヵ月だよ」

「四ヵ月と、少し」

「早く言えよな」

「ごめん」

店に来た客が、妻がつわりで甘いものやジャンクフードばかり食べたがる、と話していたのを思い出す。

「飛行機なんか乗って大丈夫かよ。旦那は何て？」

「まだ言ってないもん」

「……嘘だろ？」

ぎょっとする健生に、美空は今にも泣き出しそうな顔をする。

「一番初めに、健生に言わなきゃって思って」

「……何だそれ」

「あたしなんかが、ママになってもいいのかな」

絞り出した呟きが、冷たい夜の空気の中でくっきりと響く。

「母親はいつも子供を優先しなきゃ、一番に考えなきゃ、そうじゃない母親はサイテーだ、子供を産む資格なんかないって、みんな言うじゃん」

「みんなって誰だよ」

「みんなはみんなだよ！」

顔を真っ赤にして、美空は地団太を踏むように足を動かす。さすがに呆れた。

「なにガキみたいなことを言ってんだよ。馬鹿か」

「でも、あたし……」

「ごちゃごちゃうるせーなぁっ」

健生が声を荒らげると、美空は涙で潤んだ目を見開いた。

「世間とお前がなんと言おうが、そんなん知るか！　俺がいいって言ってんだからいいんだよ！　それだけだろ！」

怒鳴った瞬間、ずっと胸の奥でつかえていた最後のピースが、あるべき場所にぴたりとおさまるのを感じた。全てが呆気《あっけ》なく腑《ふ》に落ちた。

どこの誰に間違っていると言われようと、馬鹿な選択だと笑われようと、そんなことはどうだっていい。そういう視線を、陰口を、蔑みを、健生と美空は、今までずっとふたりで撥《は》ね返してきたのだ。一緒に暮らしているときは当たり前だったことを、健生も、きっと美空も、離れている間に見失っていた。

「さっき、あいつに言われたよ」

「あいつって……？」

「俺が病院の前で一緒にいた女。『あんたマザコンなんじゃないの』って、ビンタされた」

今にも涙がこぼれ落ちそうな瞳を、美空が真ん丸に見開く。

「そういうことだよ。これ以上言わせんな、アホ」

すぐに、うわーん、という、子供のような泣き声が聞こえた。人気《ひとけ》がなくて本当によかった。

「旦那にちゃんと連絡しろよな。今頃あっちで、泣きべそかいてオロオロしてるんじゃねーのか」

「健生に会いに日本に帰るって、ちゃんと言ってあるもん」

図体《ずうたい》も笑顔も声も、何から何まで日本人よりもひとまわり大きいレオナルドは、美空に子供ができたと知ったら、きっと今の美空以上にわんわん泣くだろう。

あのとき、教会のチャペルの下で、白いドレスを着た美空の隣で号泣していたレオを思い出す。健生も式の間はこらえていたが、成田《なりた》空港の屋上から白い機体が雲の向こうに消えるのを見送ったときは、情けないことにちょっと泣けた。

親の反対を押し切って健生を出産し、女手ひとつで育ててくれた美空。ただ守られるだけの自分が歯痒《はがゆ》くて、いつか自分が美空を守れるようになりたいと思っていた。だがその役目は、もう自分ではないのだ。

「ほんと、ふざけた女だよな。隠れてコソコソ男作って、あっさり結婚しやがって」

「根に持つよねー。もしかして妬《や》いてる？」

「ふざけんなアホ」

「学費だって生活費だって、レオが仕送りするって言ってるのに、意地張って突っ張っちゃってさ。レオ、『ケンセイは僕のことが嫌いなのかな』って落ち込んでるんだからね」

「普通にいい奴だし嫌いじゃねーけど、あいつはお前の旦那であって俺の父親ではないんだから、当然だろ」

「ほら、やっぱり妬いてるじゃん」

すっかりいつもの調子を取り戻した美空が、健生の腕をつつく。

日本に観光旅行に来ていたレオと美空は電撃的に恋に落ち、健生が十八になるまではと、メールや手紙だけで愛を育んでいたらしい。

「全然嫌ってないから、今度は三人で来いよ」

「そうだね。今度こそ、ちゃんと健生のお味噌汁を飲みたいし、レオにも飲ませたい。……この子にも」

美空は腹を撫でながら、照れくさそうに微笑む。

大切な人に温かいものを届けたい。その気持ちを最初に教えてくれたのは、美空だった。

はじめは、小学校の調理実習で覚えた豆腐の味噌汁だ。池袋の小さなアパートのキッチンで、家庭科の教科書を見ながら作った味噌汁は、出汁《だし》の味も薄く豆腐もぐちゃぐちゃだった。それでも、明け方近くにくたくたで帰って来た美空は、健生が初めて作った味噌汁を前にして、張り詰めていたものがほどけたように泣きじゃくったのだ。

「高齢出産なんだから、あっちに帰っても、ちゃんと気を付けろよ」

「やめてよ、まだ全然若いし！　向こうでは、ミソラはティーンエイジャーみたいだね、って言われてるんだからね！」

「お世辞だよアホ」

思い切り背中をぶたれ、健生は軽く咳き込んだ。

「なぁ、明日、店に来いよ」

「行きたいけど、今はご飯とか出汁の臭いを嗅ぐだけで、オエッてなっちゃうからなぁ。営業妨害じゃない？」

「ちょっとでいいから、顔出せって。あっちに帰る前に、息子の就職先に挨拶くらいしてけよ」

美空はきょとんとした顔で健生を見つめてから、「えっ、ほんとに!?」と目を輝かせた。

アスファルトを蹴って飛び跳ね、満面の笑みで健生の腕にしがみつく。

「お母さんだって言って、信じてもらえるかな?」

「大丈夫だろ。近くで見たらさすがにそれなりだしな」

「なによそれ！　ミソラはティーンエイジャーみたいだね、って」

「さっき聞いたっつーの」

灯りが消えたスーパーの窓ガラスには、すっかり身長差が逆転した美空と健生が映っていた。

目を凝らせばそこに、ランドセルを背負った少年と、髪の毛を逆毛に立てたド派手なドレス姿のキャバ嬢がじゃれあう姿が、ぼんやりと重なるような気がした。

デイドリームビリーバー

子供の頃から、鉛筆の持ち方がおかしい、と言われてきた。人差し指と中指の間に傾けた鉛筆を挟み、親指は添えずに立てたままにする。親にはみっともないから直せと言われ、教師や他の人間からは、よくそんな持ち方で書けるな、と驚かれた。それでもこの方法で引く線が一番思い通りに踊るのだと、峯田太郎《みねたたろう》は思っている。一種のジンクス、げん担ぎのようなものだ。馬鹿馬鹿しい。もう何年も、紙の上で鉛筆が踊る興奮など味わっていないというのに。

新しいページを開き、また鉛筆を走らせる。ものの数分で、セーラー服の襟を翻し、快活に笑う少女の姿が浮かび上がる。だが、これもしっくりこない。

溜息まじりにノートを閉じ、親指で弾くようにしてページの端をめくる。何人もの似たり寄ったりのヒロインが、パラパラ漫画のように現れ、一瞬で消えた。

「すみません、お待たせしました」

顔を上げると、担当編集者の棚橋《たなはし》が立っていた。今日も隙のない化粧をし、女性誌の表紙から抜け出してきたような出で立ちだ。美容情報誌の編集部から、どういうわけか青年漫画誌に異動になり、峯田の担当になって一年になる。

パーティションで前後を仕切られた打ち合わせブースで、棚橋と向かい合わせに座る。今日も棚橋は、戦闘力の高そうなピンヒールのパンプスを履いている。テーブルの下でうっかり踏んづけられたら串刺しにされそうで、峯田は汚れたスニーカーを履いた足を後ろに引っ込めた。

棚橋は「拝見しますね」と言うと、クリップでまとめたA4サイズのネーム用紙に手を掛ける。コマ割りやセリフ、キャラクターのポーズや表情をラフ書きした絵コンテ——漫画の設計図のようなものだ。棚橋にネームを見せるのはもう八度目だが、何度経験してもこの瞬間は、地獄の釜の縁に裸で立たされているような気分になる。峯田は目を伏せ、ページをめくる棚橋の指先だけを見つめた。

「うーん……やっぱりまだ、キャラクターが弱いですね。ヒロインなのに脇役属性というか、パッと惹《ひ》きつけられるような魅力が見当たらないというか……。もう、いっそのこと女性主人公にとらわれない方がいいのかもしれませんね」

「え？　いや、だけど——」

口に溜まっていた唾液がおかしなところに引っ掛かり、峯田は無様に咽《む》せ込んだ。担当が代わって一度目の打ち合わせで、女性が主人公の作品で連載を狙いましょう、と言ったのは、他でもない棚橋なのだ。

『うちの雑誌に出てくるヒロイン像って、全体的に古臭いんですよね。でも峯田さんが描く女の子は、変に男性目線なデフォルメがされていなくて、好感が持てるんです。私、漫画の編集としては新人ですけど、リアルな女性像を作るお手伝いならできると思います！』

正直、読者の大半がおっさんの青年漫画誌で、棚橋の提案するリアル寄りのヒロインで人気が取れるとは思えなかった。しかし、今までの担当に散々『峯田さんが描くヒロインって、いまいち萌《も》えないんですよねぇ』と首をひねられてきた手前、棚橋の言葉は嬉しかった。だから、もし棚橋が一緒に戦ってくれるなら、挑戦してみようと思ったのだ。

「やっぱり、峯田さんが心から描きたいと思う作品を描くことが一番かもしれませんねー」

ああ、梯子《はしご》を外された、と思う。要するにボツ、一から新しいネームを書き直してこい、ということだ。

打ち合わせを終えると棚橋は、峯田が乗るエレベーターの到着を待たずして「じゃあ、すみませんけど、今日はここで」と編集部に戻って行った。初めてこのオフィスを訪れた日から、編集者の異動や退職で何度も担当が代わった。だからだろうか。峯田には、自分という作家に対しての担当の熱が冷める瞬間が、はっきりとわかる。棚橋と作ったネームが初めて連載会議に落ちた日、棚橋はわざわざ峯田のアパートの最寄り駅まで足を運び、『こんなに良い作品が通らないなんて、おかしいですよっ』と居酒屋のカウンターにグラスを叩きつけた。きっともう、棚橋のあんな顔を見ることはない。

エレベーターに乗り込み、『心から描きたいと思う作品』という棚橋の言葉を反芻《はんすう》する。そんなものがあるなら苦労しない。峯田の真ん中は、もう長いこと空っぽのままだ。それでも描くことだけはやめられず、何とか絞り出したものを編集者に差し出し、面白くない、あなたの描きたいものがわからない、と言われる。峯田はもう八年近くも、このぬかるみの中でもがいている。

一階の受付で入館証を返す。ガラス張りのロビーのソファに座った青年が、身を乗り出して峯田を見つめている。持ち込みなのか、新人作家なのか、分厚い封筒のようなものを抱えていた。かつては自分にも、あんな初々しさがあった。ビルの中ですれ違うラフな恰好の人間は全て、有名作家に見えた。だがもし彼に、峯田の今のペンネームを伝えても、そのひとつ前のペンネームを伝えても、きっと怪訝な顔をされるだけだろう。

「――峯田さん？　お久しぶりです！」

振り返ると、スーツ姿の男が立っていた。数年ぶりに会う猿渡《さるわたり》だった。当時は、ラフな服装が多い漫画編集部でも群を抜いてひどい身なりだったが、今日はスーツを着て髪の毛も撫でつけられている。

「ご無沙汰してます。一瞬、誰かと思いました」

「今は文芸に異動になったんで、一応、ちゃんとしてます」

猿渡は苦笑いでジャケットの襟を摘まむ。峯田の初めての担当だった猿渡は、週刊少年誌から月刊誌に異動になった後、数年前に文芸誌の編集長になり、ひとまわりも年が若い女性作家と結婚したと噂《うわさ》で聞いた。白髪は増えたものの、あの頃よりもずっと肌艶が良く引き締まった体つきをしている。

「今日は編集部で打ち合わせですか？」

ええまぁ、と言葉を濁す峯田を見て、猿渡は粗方を察したようだった。

「峯田さん、ちょっと早いけど、昼飯に行きませんか？　すぐ近くに美味《うま》い蕎麦《そば》屋があるんですよ」

「すみません、今日はこれから、アシスタントのバイトなんです」

「三森《みつもり》先生のところですか？」

「そっちは今日は休みなんですけど、急遽《きゆうきよ》新人の先生のところに助《すけ》っ人《と》に入ることになって……無駄にキャリアは積んでるんで、アシとしては売れっ子なんですよ」

自虐で和まそうとしたが、失敗だった。猿渡にいたわるような目で見つめられ、逆にますます身の置きどころがなくなる。

「誘ってもらえて嬉しかったです。じゃあ、また」

そそくさと正面玄関に急ぐ峯田を、猿渡が再び「峯田さん！」と呼び止める。

「東《あずま》さんは、お元気ですか？」

「……どうですかね。もう、連絡を取ってませんから」

自動ドアを抜けた瞬間、乾いた風に、目深に被ったニット帽を持っていかれそうになる。ビルの壁面に貼られた垂れ幕も、ヨットの帆のように膨らんでいた。

『アニメ第四期制作決定、コミック累計一億部突破！』という巨大な文字と、人気少年漫画誌で長年トップを走っている冒険漫画の主人公の笑顔から目を逸らし、峯田は地下鉄へと続く階段を下りた。老舗出版社の多い神保町《じんぼうちよう》だけあって、駅のあちこちに、漫画や小説の広告が目立つ。

ホームに滑り込んできた電車に乗り込むと、座席の上の網棚に、分厚い漫画雑誌が置き去りにされているのが見えた。表紙の絵柄とペンネームには見覚えがある。数年前に、ある漫画家のアシスタントの仕事で一緒になり、背景のパースの取り方を一から教えた彼のものだ。当時はまだ大学生だった。

峯田はドア横の手摺にもたれて目を伏せた。スニーカーの爪先だけを見つめ、パーカーのポケットから引っ張り出したイヤフォンを、ぐっと耳に押し込んだ。


アヅマミネタ。高校時代の同級生・東と、峯田の名字をくっつけただけの安直なペンネームだ。東がシナリオ、峯田が作画を担当し、高二の夏休みを使って描き上げた作品を少年漫画誌のコンクールに応募し、奨励賞を受賞しデビューを果たした。活動実績は、読切掲載が四本、短期の連載が二本、単行本は一冊だけ。活動期間は六年弱。その後、コンビは解散し、今は連絡先も知らない。

高田馬場《たかだのばば》にある漫画家の仕事場で二日間の徹夜作業を終え、峯田は中野《なかの》駅で地下鉄を降りた。財布の中が小銭だけだったことを思い出し、コンビニに入る。ＡＴＭのタッチパネルを操作し、思わず指が止まった。

預金残高が、想像以上に減っている。光熱費の引き落としに加え、先月分のアシスタント料が未入金のままだった。振り込みが数日遅れるのはよくあることだとわかっていても、残高が一桁減ると、落ち着かない気分にさせられる。引き出した五千円札を財布に入れ、何も買わずに店を出た。

八年前から峯田は、本名の峯田太郎名義で活動している。とはいっても、ごくたまに青年誌に読切が掲載されるくらいで、主な収入源は他の作家のアシスタントだ。週四日の八時間労働、固定給で残業代はなし。締め切り前は徹夜が当たり前で、時給換算すると三百円に満たない月もある。そして今回のように、急遽他の漫画家の修羅場に助っ人として駆り出されることも多く、解放された後は心身ともにボロ雑巾のようになっている。帰宅後に自分の原稿に向き合う気力など、残っていない。

アパートの階段をのろのろと上り、日当たりの悪い北向きの部屋のドアを開ける。スニーカーを脱ぎ潰して部屋に入り、峯田はリュックサックを背負ったまま、うつぶせにベッドに突っ込んだ。眠くてたまらないのに、明け方に飲んだエナジードリンクが効いているせいか、漫画のコマのあちこちを継《つ》ぎ接《は》ぎしたような、めまぐるしい夢を見た。

高二の夏の終わり、出版社の受付で初めて入館証を貰った日のこと。連載作品の方向性で担当の猿渡と意見が食い違い、深夜のファミレスで外が明るくなるまでやりあったこと。アヅマミネタのペンネームがプリントされた単行本の見本誌を前に、手が震えたこと。連載の打ち切りを告げられ、それでも最終回までのネームを提出するために、歯を食いしばって机に向かったこと。その全ての思い出の中に、懐かしい面影がちらつく。

――東さんは、お元気ですか?

猿渡の声が耳許で聞こえた気がして、薄目を開ける。朝なのか、夜なのか、何時間眠っていたのか、ずっとカーテンを閉め切っているので判然としない。背中に乗ったままのリュックサックのせいで、息が苦しい。うつ伏せのまま肩紐から腕を抜こうと試み、肩の筋が攣りそうになる。

結局諦め、リュックサックごと寝返りを打って体を横向きにした。その瞬間、ありえないものが目に入る。

「やっと起きたか。相変わらず、信じらんねー恰好で寝る奴だな」

デスクの前の椅子――いつか先輩作家に『椅子だけはいいものを』と勧められて十回払いで買ったリクライニングチェアに、胡坐《あぐら》をかいている人影が見えた。家主の寝込みを襲う強盗か変質者か――などとは、微塵《みじん》も思わなかった。顔までは判別できなかったが、人を小馬鹿にしたような物言いと、鼻にかかったしゃがれ声には、いやというほど覚えがある。むしろ強盗か変質者だった方が、これほど驚かなかったかもしれない。

八年ぶりの東が、そこにいた。

「何だよ、幽霊でも見たような顔して。ほら、ちゃんと付いてるぞ」

横たわったまま固まる峯田の鼻先に、東は裸足の足裏を突き付けた。くるりと椅子を回し、デスクに並んだエナジードリンクの空き缶に横目を向ける。

「お前、こんなもん飲んでるの？　昔は、眠気覚ましには極甘の缶コーヒーが定番だっただろ？峯田もオッサンになったなー」

そういえば昔はいつも、練乳入りの黄色い缶コーヒーを飲んでいた。舌が痺《しび》れそうな甘さが癖になるのだ。東は毎回、『そんな甘いもん、よく一本飲み切れるな』と眉間に皺を寄せていた。

制服姿の東の笑顔が、目の前の東の顔に重なる。高校時代、昔ながらの小さな煙草屋の自販機の横にしゃがみ込み、何時間でも飽きることなく語り合ったことを思い出す。

一瞬ノスタルジーに浸りそうになり、峯田は、いやいやそうじゃない、と寝起きの頭を持ち上げた。薄暗い六畳間の向こうにある、ちっぽけな玄関に目を凝らす。一瞬、鍵を閉め忘れたのかと思ったが、ドアの金具に古びたチェーンが引っ掛かっているのが見えた。以前一階に空き巣が入ったことがあり、戸締りには注意しているのだ。

「……どうやって中に入った？」

「まだ寝ぼけてんのか？　ドアからに決まってるだろ」

嘘だ。万が一、峯田がドアを施錠し忘れていたとして、東は自分が部屋に入ったあとにチェーンを掛けるようなタイプではない。戸締りという概念があるかも怪しい奴なのだ、昔から。

「お前さぁ、八年ぶりに再会した相棒に向かって、第一声がそれかよ」

ま、峯田らしいけど、と言いながら東は、くるくると椅子を回す。どうやら高級リクライニングチェアが気に入ったらしい。

「東こそ、何だよ急に――八年ぶりに現れて、コーヒーだのオッサンだの……ほかに、何か俺に言うことはないわけ？」

「お邪魔します、とか？」

顔をしかめる峯田を見て、東は昔のように、クッと喉を鳴らして笑った。

「わかってるよ、ちょっとボケただけだろ」

東は椅子から飛び降りると、姿勢を正し、運動会で選手宣誓をする子供のように、勢いよく片手を上げた。

「お待たせ！　いや、ただいま、だな。ただいま、峯田！　今日からまた、一緒に漫画を作ろうぜ！」

「……は？」

肩に引っ掛かっていたリュックサックがずり落ちる。よだれの跡をつけたまま呆然とする峯田の前で、東は八年前と同じように、屈託のない顔で笑った。

頭から熱いシャワーを浴びながら、峯田は、排水口《はいすいこう》の上でぐるぐる回るお湯の渦を見下ろしていた。しばらくそうしていたい気分だったが、来月の水道料金のことが頭をかすめ、仕方なく栓を締める。

曇りガラスを嵌め込んだドアの向こうは、不気味なほど静かだ。下着を穿いて頭からスウェットを被り、そろそろとドアを開ける。やはり東はそこにいた。ベッドに背中を預け、我が物顔でくつろいでいる。足許には、リュックサックが落ちていた。中に入れておいたはずのノートやスケッチブックが散乱している。

「散らかすなよ」

「勝手にずり落ちたんだよ」

笑いを含んだ東の目を見て、峯田は、一番見られたくないものを見られてしまったことを悟る。

「なあ、この女キャラって、高校時代のさ――」

東が指さすノートのページでは、制服姿の女子高生が、ポケットに両手を突っ込み仁王立ちでこちらを睨んでいる。

「そっかそっか、峯田の目には、こんなに可愛く映ってたんか。しかも名前、サエコって」

「編集者に身近な人間をモデルにしろって言われて、描いてみただけだよ」

耳が熱くなる。ニヤつく東に背を向け、峯田は床に落ちたものを掻き集めた。打ち合わせで棚橋にダメ出しされたネームの束に指が触れ、ボツ宣告を受けたときの惨めな気分が甦る。

「なぁ、お前の今の編集者って、女?」

いつのまにか背後ににじり寄っていた東が、峯田の肩越しに、ネーム用紙の一ページ目を覗き込んでいた。言葉に詰まる峯田を見て、「なるほどなー」と鼻を鳴らす。

「ここのシーン、主人公が自分の爪の根許を見て『ネイル、ずっと行ってないなぁ……』って言うところ、絶対峯田じゃ思いつかないもんな」

からかわれているのかと思ったが、意外にも東の声は真剣だった。東の読み通り、アラサーの主人公が高校時代にタイムリープし、現在と過去を行きつ戻りつしながら成長してゆくというストーリーは、担当の棚橋の提案をふんだんに盛り込んだものだ。

東は峯田の背中に貼りついたまま、「早く次、めくれよ」と急かす。結局、言われるがままに最後までページをめくった。学生時代、毎週月曜に発売される少年漫画誌を奪い合い、結局今と同じように身を寄せ合って読んだことを思い出した。

「ふーん……悪くないじゃん。自称サバサバ系の女上司とか、隙あらばマウントしてくる同期とか、意識高い系と見せかけていつまでも学生気分が抜けないお子ちゃま彼氏とか、あーリアルだね、こういう奴いるよね、と思うよ。でもさ」

東は一旦言葉を切り、正面から峯田を見つめた。

「峯田、本気でこれを描きたいと思ってる？　ファッション誌に載せる大人女子向けの漫画だったら、これでもいいよ。でもそれなら、お前よりずっと上手く描ける奴が他にいるだろ。最後にSF要素だけくっつけて、無理矢理雑誌の雰囲気に合わせようとしてるけど、そもそもタイムリープするまでが長いし退屈。もっと序盤から、ガッと読者を引き込む展開がなきゃ、だめだろ」

久しぶりの容赦のないダメ出しに、峯田はタオルで頭を拭くふりをしながら、歪んだ顔を隠した。

「じゃあ、どうしろって？　一ページ目から死体でも転がす？　推理小説でもあるまいし」

苦し紛れに言い返すと、東は目を見開いた。ネーム用紙に再び視線を落とし、「……いいじゃん」と呟く。

「うん、いい、いい。青春タイムリープものと見せかけて、表紙をめくったら一ページ目から大ゴマで殺害シーン！　しかも犯人は、主人公！」

「何言ってんの？」

「だから主人公が、うっかり殺人犯になって逃亡するんだよ。刑事にビルの屋上まで追い詰められて、フェンスを乗り越えて飛び降りたら、ベタだけど走馬灯がぶわっと流れてさ。気付いたら高校時代の自分に戻ってて――『私、タイムリープしてる!?』で、一話完！　絶対続きが気になる！」

声を上擦らせながら爪を噛む癖は、東の中でアイディアが膨らんでいる証拠だった。

「二話目の青春時代のパートからは、未来の自分が殺人犯にならないように過去の行動を変えるのが王道だよな。高校時代の初恋相手と今回は上手くいって、『ずっとこのまま、一緒にいられたらいいのに……』の直後にまたタイムリープ、一話の冒頭死体が転がってるシーンに戻って――で二話を締めるか？　タイムリープしたことで微妙に現在が変わって、でも殺人だけはそのまま。だから主人公は、殺人犯にならない未来のために何度もタイムリープを繰り返して……」

早口の東の言葉を聞きながら、峯田の頭の中に、次々に鮮やかな映像が浮かぶ。

日常生活に疲弊した主人公がやむなく犯してしまった殺人。仰向けに転がった死体のガラス球のような眼球と、そこに映る主人公の引き攣った顔。警察に追い詰められ、ビルの非常階段を駆け上がる主人公の息遣い、心臓の音。そこに重なる追手《おつて》の足音。屋上に広がる東京の夜景と、風に煽《あお》られる主人公の長い髪。灯りの数だけ誰かの生活があるのに、どこにも行き場のない主人公の孤独――

髪から垂れた滴が手の甲に落ち、峯田は我に返った。あやうく昔のように、東の勢いに呑み込まれるところだった。クリップでまとめたネームの束を、わざとぞんざいにベッドに放る。

「東が使いたいなら、勝手に使っていいよ。どうせボツになったネームだし。最近は漫画原作者の需要も多いらしいから、シナリオにでもしてみたら？」

「や、そうじゃなくて――」

「先にやめたいって言ったのは、東だろ。今更急に戻ってきて、俺がハイそうですかって言うと思った？　悪いけど俺も、次の打ち合わせまでに新しいネームを出さなきゃいけなくて、忙しいんだよね」

引き出しから新しいネーム用紙を取り出す。まっさらなページに線を引き、コマを割る。背中を丸めて鉛筆を走らせながら、うなじの辺りに、東の険しいまなざしを痛いほど感じた。

「……そうかよ。口出しして、悪かったな」

あの東が謝った。思わず目を剝いた瞬間、間髪を入れずに耳許で「あんなクソつまんねーオシャレ漫画を描かせるような担当と、せいぜい仲良くやってろよ、クソ峯田!!」と叫ばれる。鼓膜が破裂するかと思った。語彙力がないくせに口が悪いのも相変わらずだ。

「あのさ、近所迷惑――」

さすがに文句を言おうと振り返ると、すでに東はいなかった。初めからそこに存在していなかったかのように、煙のように消えていた。

東と初めて言葉を交わしたのは高一の夏、放課後の美術室だった。当時峯田は、四人しかいない漫画研究会唯一の新入部員だった。

『ここって、漫画の描き方、教えてくれんの？』

道場破りのような勢いでドアを開けた東は、開口一番そう言った。脱色し過ぎてバサバサになった短い髪と、着崩した制服、ぺたんこの鞄《かばん》。こちらを威嚇《いかく》するような鋭い眼光に、スナック菓子を頬張りながら同人誌を読んでいた上級生が、怯えたように身をすくませた。

『何だよ、真面目に描いてんのはひとりだけか』

東は踵を潰した運動靴でずかずかと入って来ると、部屋の片隅で黙々とペンを動かしていた峯田の手許を覗き込んだ。ペパーミントガムの香りが鼻をかすめた、と思った瞬間、すごい力で制服のシャツを摑まれた。

『あんた、何年？』

『同じ一年で、クラスも一緒なんだけど』

『マジか。いつから描いてる？　どうやったら、こんなふうに上手く描けんの？』

『いつからかは覚えてないけど、俺より上手い奴は沢山いるよ。俺はただ、好きな漫画の絵を真似して描いてるだけ』

東は大げさなほど肩を落としてうなだれると、再び『マジかー』と呟いた。

それから東は漫研に入り浸るようになり、昔から描き溜めてきたという漫画を、峯田にだけ見せるようになった。東の絵は、お世辞にも上手いとはいえなかった。むしろ壊滅的に絵心がなかった。

『東は漫画にこだわらないで、小説を書けば？』

『現代文の期末テストが赤点だった奴に、それを言うか？』

『日本語が喋れて、書きたいことがあるなら小説は書けるって、どこかの偉い作家が言ってたよ。

どうしても漫画がいいなら、もっと真面目に絵の練習をしなよ』

『だって百年やっても峯田みたいに描ける気がしねーもん。なぁ、お前のせいでやる気なくしたんだから、責任とれよ』

『何言ってんの？』

『責任とって、一緒に漫画を作ろうぜ』

美術室の椅子に片膝を立てて座りながら、東はニッと歯を剝いて笑った。

『こっちは絵がヘタクソで、峯田は、絵は最高だけど話がつまんねー。これって、運命の出会いじゃね？』

『何が？　言っとくけど、俺のストーリーは東の絵ほどひどくないよ』

『お前なぁ、ちょっと絵が上手いからって、調子乗るなよ！』

椅子を蹴り倒して凄《すご》む東を、他の部員は引き攣った顔で遠巻きに見つめていた。

一年後の夏に初めてふたりで作品を描き上げ、すぐにデビューが決まった。ひょっとしたら自分達には、特別な才能があるんじゃないかと思った。高校卒業後は親の反対を押し切り、ふたりで上京した。地元の駅から電車で二時間、中学の修学旅行で目にして以来の東京タワーを眺めながら、順風満帆な未来だけが待ち受けていると、本気で信じていた。


「なのに、なんでやめちゃったんですか？」

ぼんやりと空《くう》を見つめる峯田の顔を、後輩の草間《くさま》が覗き込む。一瞬自分がどこにいるのかわからなくなり、峯田は霞《かす》む目をしばたたかせた。

目の前の正方形のテーブルには、スナック菓子やチューハイの空き缶が散乱している。廊下の奥の暗がりからは、同期の進藤《しんどう》がえずく音が聞こえてくる。アシスタントのバイトの後に、進藤から宅飲みに誘われたのだ。大久保《おおくぼ》駅から少し歩いたところにある進藤のアパートは、部屋のボロさといい、本棚には収まり切らない漫画や雑誌が危ういバランスで積み上げられているところといい、まるで自分の部屋を見ているようだ。今日初めて訪れたはずの草間も同じ気持ちなのか、ジーンズを脱ぎTシャツとトランクスだけの恰好でくつろいでいる。実際の家主の進藤は立て続けにチューハイを呷《あお》り、今はトイレに籠っている。

「峯田先輩、結構酔ってます？　いま、完全に意識が飛んでましたよね」

「昨日は朝まで自分のネームやってたから、寝不足かな」

「前言ってた、タイムリープのやつですか」

「そんなとこ。で、何だっけ？」

適当に流し、温《ぬる》くなったレモンサワーに口を付ける。草間は「聞いてなかったんすか？」と唇を尖らせた。

「だから、お嬢様シリーズのコミカライズですよ。原作のラノベのイラストを担当したのって、峯田さんだったんですよね？　俺、実家の本棚に全巻揃ってますよ」

九年前に出版されたライトノベル『お嬢様、本望でございます。』は、ドSなお嬢様に心酔するドMで不死身な執事が、お嬢様にお仕置きという名の御褒美をいただきたいがために悪の組織と戦うダークファンタジーラブコメだ。無名の新人作家のデビュー作だったが口コミで人気に火がつき、コミカライズ、アニメ化、実写化され、そのどれもがヒットを飛ばしている。

当時担当だった猿渡から『この作家、峯田君のファンなんだって。文芸にいる後輩から頼まれたんだけど、イラスト担当してみない？』と渡された仕事だ。

「コミカライズの話、はじめはイラスト担当の峯田さんに依頼が来てたんですよね。なんで断っちゃったんですか？　後悔とか、してないんですか？　あれだけ売れてたら、印税だけでそこそこ食っていけるじゃないですか」

「……後悔は、してるよ」

人生のどこか一地点に帰ってやり直せるといわれれば、峯田はなんの迷いもなく、あの日に戻る。

草間は「ですよねぇ」と我がことのように溜息をつき、スナック菓子の袋を開けた。

「あ、でも峯田さんも、まだキャラクター原案者としてクレジットされてるんですよね。毎月ちょっとくらいは貰えるんじゃないんですか？」

「メディアミックスされようが、原作とコミックスが何十万部重版されようが、一円も入って来ないよ。一回こっきりの買い上げ」

「しょっぱ！　夢も希望もない話、しないでくださいよ！」

大げさにわめく草間を、トイレから這い出て来た進藤が弱々しくたしなめる。

「ド新人のくせに、金の話ばっかりしてんじゃねぇよ。大事なのは志だろ」

「でも実際、死んだら漫画描けないじゃないすか。俺、この前の新人賞用の原稿を描くためにバイトの時間を減らして、先月はマジでヤバかったんすよ。ガスも止まって、水でふやかしたパスタをすすって凌《しの》いだんですから」

「甘いな。俺は水道も止められて、パスタを齧って生き延びたことがある」

進藤は新しいチューハイを一気に飲み干すと、峯田の両肩を乱暴に摑んだ。

「俺はな、峯田。俺が描いた漫画で、世の中をあっと言わせたいんだよ。昔の自分みたいな奴らに、最高に面白い漫画を届けたいんだよ！　なあ、峯田もそうだよな!?」

「うーん、どうかな……世の中に認められたいとか、誰かに何かを伝えたいとか、売れたいとか、確かに少しはあるかもしれないけど、俺の場合は、もっと普通に——」

峯田のたどたどしい言葉は、草間の悲鳴に遮られた。進藤が、峯田のTシャツに盛大に嘔吐《おうと》したのだ。

出すものを出し終えて晴れ晴れとした顔で寝入ってしまった進藤を床に転がし、せっせと後始末をする峯田を、草間は部屋の壁にへばりつくようにして見つめていた。

「峯田先輩って、何だかんだ言って面倒見がいいですよね。俺、絶対無理っす」

「そう？　昔、もっと手がかかる奴と一緒にいたからな」

「へぇ」

「口は悪いし血の気は多いし、向こう見ずで誰彼かまわず突っかかるし、意外に酒が弱いくせに飲みたがるしさ。いつも後始末が大変だったよ」

「ふぅん。それって、元カノとかですか？」

突拍子もない言葉に、峯田は雑巾掛けをする手を止めた。

「なんか峯田先輩のそういう顔、あんまり見たことないっていうか――え、何すか？　何でウケてんすか？」

草間は眉を寄せ、不思議そうに首を傾げた。

草間を進藤のアパートに置いて、峯田は二駅先の自分のアパートまで歩いた。電車はとっくに終わり、タクシーに乗る金もない。草間と進藤の三人で雑魚寝をする方が楽だったが、今日は虫の知らせか、自分の部屋に戻りたい気分だった。

「……何やってんの」

アパートの階段を上ると、部屋の前に東が座り込んでいた。うたた寝をしていたらしい。峯田の声に顔を上げ、すぐに噴き出す。

「何だよ、そのTシャツ。趣味変わった？」

峯田は、進藤から借りた蛍光グリーンのTシャツの裾を引っ張った。

「いや、これは、同じアシ仲間から借りて――」

「仲良くやってんだ。昔は、そういう付き合いとか鬱陶しがってたのにな。解散して、ぼっちになって、寂しくなったか」

「そうだよ」

間髪を入れずに答えると、東は、ぎょっとしたように目を見開いた。

「寂しかったよ、俺は」

「何だよ、酔ってんの？」

峯田は答えずに、ポケットから出した鍵をドアノブに挿し込んだ。暗い玄関でスニーカーを脱ごうとし、緩んだ靴紐の端を踏んづけ足がもつれた。そのまま無様に膝を突く。思ったよりも酔いがまわっていたらしく、三和土《たたき》に敷き詰められたタイルの冷たさが心地よかった。

「さっき後輩に、あのときなんでコミカライズを断ったかって訊かれたよ。後悔してないんですか、って」

東も昔、草間と同じことを言った。峯田に摑みかかり、『今すぐ編集部に電話して撤回しろ！じゃなきゃ、ぶん殴る！』と血相を変えた。

結論として峯田は東にボコボコに殴られ、その日を境に、東は峯田の前から消えた。

「後悔してるよ、滅茶苦茶《めちゃくちゃ》してるよ。毎朝目が覚めるたびに、あの日に戻れたらって思う」

「……だからあのとき、編集部に電話しろって言っただろ」

「違う、そうじゃない。あのとき――猿渡さんに、最初に原作のイラストを頼まれたときに、断ればよかった。東が考えたキャラ以外に絵を付ける気はないって、はっきり言えばよかった」

暗闇の中、峯田には自分の上擦った息遣いだけが聞こえていた。

コンビを組んで六年目、二本目の連載の打ち切りが決まった後のことだった。東から新作のシナリオが上がってこず、連絡が取れない日が続いた。峯田には、ただ待つことしかできなかった。

イラストの仕事を引き受けたのは軽い気持ちだったが、原作のライトノベルが大量に増刷されたことで、峯田にも書籍の特典グッズや書店配布用のＰＯＰ、ポスターのイラストを描く仕事が、次々と舞い込むようになった。久しぶりに東と編集部に行ったとき、ロビーに飾られた峯田のポスターを見て、東は『すげえ、売れっ子じゃん』と呟いた。その笑顔を見て峯田は初めて、東を傷つけていたことに気付いた。

その上でコミカライズを引き受ければ、東との距離がますます広がってしまう気がした。

「だけど、どのみち東は俺の前からいなくなるつもりだったんだよな。それなら初めから、他のイラストの仕事は引き受けなきゃよかった。俺はヒットとか数字とか、どうだっていいんだよ。誰かに何かを伝えたいとか、認められたいとか、全部後付けだよ。俺はさ、俺はただ――」

ただ、わくわくしたかった。口にするのをためらうような子供じみた言葉だが、それが本音だった。東が書き上げたシナリオを手にした瞬間の高揚感を、もう一度味わいたかった。ページをめくりながらイメージの洪水に呑み込まれ、息継ぎをするのも忘れて、深く深く、物語の中に潜る感覚を取り戻したかった。そうするためには、自分が考えたストーリーでも、他の誰かが考えたシナリオでも駄目なのだ。

「なあ、どうして急に戻って来た？」

峯田の問いに、東は答えなかった。短い沈黙のあと、「細かいことは気にすんなって」とおどけた口調で言う。

「言いたくないなら、別にいいけどさ。俺の方は、東に言いたいことがあるよ」

「上等じゃん。何でも言えよ」

挑発的な言葉に、峯田はふらつく足に力を込めて立ち上がった。

「この前のネームのダメ出し、東は一ページ目から大ゴマの殺害シーンって言ってたよな。確かにインパクトはあるし、連載会議でも受けは良いかもしれない。でもそれなら殺害に至るまでのシーンを回想で見せなきゃだめだろ。理由なく人を殺すような主人公に、読者は感情移入できない」

「いいじゃん、回想の何が悪いんだよ」

「スマートじゃないんだよ。ただでさえタイムリープで行ったり来たりする設定なのに、演出のためだけに無駄に時間軸をねじれさせたくない」

「だからって、主人公のダルい日常を最初に見せろってか？　それこそ無駄で退屈なんだよ」

「そんなの、見せ方次第でいくらでも変えられる」

峯田は壁を探り、電気のスイッチを押した。急に明るくなった部屋に目がくらむ。よろめきながら進み、デスクの引き出しの取っ手を摑む。勢い余って引き出しが箱ごと外れ、中に入っていた用紙の束が、派手に床に散らばった。

「あーあ、何やってんだよ、酔っ払い」

東は呆れたように言い、床にしゃがみ込んだ。だがすぐに表情を変え、這いつくばるような姿勢で、散らばったネーム用紙を読みふける。

「……これ、いつ描いたんだよ」

「きのう、東が出てってから。一気に二話まで直して、いつのまにか朝になってた。自分の漫画に夢中になって徹夜するなんて、久しぶりだよ」

主人公の日常に起きる些細《ささい》な事件が、退屈なルーティンの生活にさざ波を立てる。序盤は淡々と日常を描写し、だが随所に不穏な空気をしのばせ、読者の興味と不安を煽る。ギリギリまでテンションを抑え、終盤、殺人現場からの逃亡、ビルの屋上から飛び降りるタイムリープのシーンで、一気に跳ねさせる。

「ビルからジャンプするシーンは、あえて風景だけの見開きにしたいんだ。パルクール動画みたいに、読者にも一緒に落下する感覚を味わわせたい。だけどそれだと、夜景よりも昼間の風景の方が緻密な描写ができて、臨場感出せるかな、とか、まだ迷っててさ」

どう思う？　とたずねる峯田を、東は険しい表情で睨みつける。

「お前なぁっ、昨日は、あんだけ人を突っぱねといて！」

「俺は、最初から一緒にやるって決めてたよ」

「はぁ!?　ふざけんなよ、じゃあなんであんなこと」

「だってさ——その方が、盛り上がるだろ？」

東は小さく舌打ちをすると、ゆるんだ頬を隠すように顔を背けた。

「……お前って昔から、人畜無害そうに見せかけて、マジで性格悪いよな」

いつか東は、絶対に帰って来ると思っていた。今度こそ信じて待ち続けようと思った。峯田が何年も諦めずに漫画を描き続けた理由は、それだけだ。それだけが、ほとんど空っぽになっていた峯田の真ん中に残る、たったひとつだった。

「なるほどなー、主人公は夫を殺してタイムリープして、二話の青春時代で初恋相手と結ばれる、と。でも終盤、また現在に戻って夢オチ……と見せかけて、部屋に飾ってある結婚写真の夫の顔が、初恋相手に変わってるのな。タイムリープしたことで現在が変わって、ああこれで幸せになれる——からの、振り返れば血まみれの死体！　エグイなー、峯田の性格の悪さが、モロに出てるな」

「うるさいよ。ラストはぶち抜きで、死体の顔のアップがいいと思うんだよね。殺した夫の顔が初恋相手に変わってて、『どうして——？』のモノローグを被せて、三話に続く」

「つまり、主人公が男に虐げられてきた悲劇の加害者と見せかけて、実は毎回夫を殺しちゃうサイコ女ってことか？」

「いや、過去に何か深刻なトラウマを抱えていて、結果として、そういう男に惹かれやすいとか……第三話でもう一度青春時代にタイムリープして、謎の転校生に『俺もタイムリープしてるんだけど』って言わせる展開も、ベタだけどアリじゃないか。そいつの能力に引っ張られて、もっと深く過去に潜って子供時代のトラウマに向き合うとか……」

いつのまにか朝陽が昇り始めていた。喋り過ぎて口の中が干からび、上顎に舌がくっついて咳き込んだ。

「峯田、今から飯食いに行こうぜ」

「まさか、昔みたいに朝から牛丼とか言う？」

「当たり前だろ。それとも、アラサーの胃袋には受け付けないってか」

「いや、入る。むしろ、久しぶりにすごく食いたい」

朝刊配達のバイクが走ってゆく音を聞きながら、錆《さ》びついた階段を下りる。まだ薄暗い路地の片隅で、自動販売機が淡い光を放っていた。飲み物はスーパーで買う方が割安なので、足を止めたことはない。だが今日は、クラシックなデザインの黄色い缶に目が吸い寄せられた。

小銭を入れてボタンを押し、取り出し口に手を突っ込む。汗をかいた冷たいコーヒー缶は、しっとりと手のひらに馴染《なじ》んだ。タブを開けて口をつけると、ガツンと来るヘビーな甘さが、くたびれた脳に滲《し》みる。

「やっぱり美味いな。他のコーヒーだと、甘さにパンチがないっていうかさ――」

笑いながら振り返ると、そこには誰もいなかった。ふっと背筋に、心もとない薄ら寒さを感じる。だがすぐに、駐輪場の方から「おーい峯田」と呑気《のんき》な声がした。

「チャリで行こうぜ」

東は、錆びついた放置自転車の荷台にまたがっていた。

「それ、俺のじゃないよ。誰かが捨ててったやつ」

「じゃあいいじゃん、鍵、かかってねーし」

「動くかな。いや、そもそも俺が乗れるかな。最近は電車移動ばっかりだし」

「都会人アピールか？　つべこべ言わずにさっさと乗れよ」

峯田が自転車を漕《こ》ぎ始めると、東が、もっとスピード出せよ、と煽る。腰を浮かせ、全力でペダルを踏んだ。錆びついた古い自転車は、ふたり乗りをしているとは思えないほど軽やかに走り出す。

「でもなー、コミカライズの件はぶっちゃけ、惜しかったよな。峯田はほんとに大馬鹿野郎だよ」

「まだその話？　もし俺が引き受けてたら、あそこまで跳ねなかったよ。俺は両方読んだけど、漫画と原作の化学反応でスパークしたんだなって感じた。……そういう相性が、一番大事なんだよ」

照れくさくなって口ごもる峯田の背中で、東がいつものように、喉の奥を鳴らして笑った。

「東、主役の名前は何にする？」

「もうサエコに決まってんだろ？　むしろサエコしかねーだろ！　サエコ、サエコ、サエコー!!」

「だから近所迷惑だって」

「いい年して赤くなるなよ。あー、早く雑誌に載って、原稿料で焼き肉食いてー！　ドラマ化映画化して、一生、お前と漫画だけ作っていきてー!!」

東の雄叫《おたけ》びを聞きながら、峯田は夜明けの道を猛スピードで走った。少しずつ明るさを増す朝陽が眩しかった。それでも目は閉じずに、前だけを見つめた。もう後ろは振り返らなかった。振り返って確かめれば、東が消えてなくなりそうだった。

それくらい、奇跡の中にいる気分だった。

佐藤《さとう》サエコが目を開けると、天井の蛍光灯の輪っかが霞んで見えた。体を起こすと、後頭部に引き攣れたような痛みが走る。長い髪を掻き分け確かめると、指の腹にうっすらと血が付いた。殴られて倒れた拍子に、テレビ台の角に頭をぶつけたらしい。

部屋に夫の耀司《ようじ》の気配はなく、食べ残された朝食がテーブルの上で干からびている。サエコは朝食の残りをダストボックスに放り、米粒のこびりついた茶碗《ちゃわん》や汚れた皿を水に浸《つ》けた。冷凍庫を開け空の製氷皿《せいひょうざら》を睨み、代わりに冷凍たこ焼きのパッケージを摑んで直接頰に押し当てる。出掛ける時間ギリギリまで冷やしてみたが、結局腫れ上がった頰をマスクで隠して家を出た。

自転車で駅前のパチンコ屋に出勤すると、スタッフルームにはすでにパート職員の川尻《かわじり》がいた。制服のタイトスカートのホックが留《と》まらないらしく、必死に腹をへこませている。どぎつい真っ赤な下着に面食らいつつ「おはよーございます」と声を掛けると、川尻は「ちょっとサエちゃん、見えてる見えてる」と眉をひそめた。

ロッカーの扉の裏側に付いた鏡を覗き込むと、マスクの端から、青黒い痣《あざ》がはみ出している。舌打ちし、後ろでひとつにくくっていた髪を下ろして顔の輪郭を隠した。

「また旦那さん？」

「朝から、冷たい麦茶が飲みたいのに冷凍庫に氷が一個もない、って理由で殴られました」

「相変わらず暴れん坊ねぇ」

川尻はブラウスとベストを身に着けると、見るからに偽物のブランドバッグに手を突っ込み、潰れたカレーパンのパッケージを破った。安っぽい油の臭いが鼻を突く。

「川尻さんは今日、デートですか」

「わかっちゃう？」

「勝負パンツ穿いてるから」

「旦那が出張だから、久しぶりに彼とお泊まりなの。でも最近、旦那に怪しまれてんのよね」

「マジすか。バレたらヤバイっすね」

適当に相槌《あいづち》を打ちながらスマホのロックを外すと、いくつか新着メッセージが届いていた。

『りーたんママ』というアカウント名と、赤ん坊の顔写真が貼り付けられたアイコンを見て、眉を寄せる。同級生の誰かだろうが、最近はみんな、見せびらかすかのように子供の写真をアイコンにしている。もはや誰が誰やら判別できない。

どうせ飲み会の誘いだろうと通知をタップし、サエコは息を呑んだ。スタッフルームの薄っぺらいドアから流れ込んでくる店内の音の洪水が、分厚い毛布を通したように、遠く聞こえた。

「サエちゃん？　顔色悪いけど、大丈夫？」

「……や、平気っす。ちょっと、びっくりして」

もう一度メッセージを読み返す。内容は変わらなかった。貼り付けられたリンクをタップすると、地元新聞のＷｅｂページが表示される。

「なあに、悪い報《しら》せ？」

「高校のとき同じクラスだった奴が、事故で死んだって。酔っ払い運転に巻き込まれたらしいっす」

「やーだ、まだ若いのに、可哀想《かわいそう》にねぇ」

川尻が大げさに悲愴《ひそう》な顔を作る。歪んだ唇が、カレーパンの油で光っていた。

LINE画面には、『サエコ、お葬式行く?』『岩本《いわもと》は行くって』『久しぶりに会いたいし』という、同窓会気分のメッセージが並んでいる。

「川尻さん、明日のシフト、代わってくれませんか。葬式に出たいんで」

「えー、それは無理よ、私、予定があるし」

どうせ不倫相手のマネージャーとラブホでヤりまくるだけだろ、と思ったが、「すみません、お願いします」と取り縋《すが》る。勢いよく頭を下げ過ぎて、今朝テレビ台の角にぶつけた頭の傷が、ズキンと疼いた。

「なんでそんなに必死なのよぉ。ただの同級生でしょ? もしかして、元カレ?」

「や、そうじゃないですけど——」

そういう言葉とは対極の存在だった。初めからそうだったのか、それともお互い、意識してそうしていたのか、今となっては思い出せない。

「だけど、今まで会った中では一番マシな男でしたね。旦那も含めて、クソばっかりなんで」

「好きだったんだ?」

「とは、ちょっと違うんですけど……どっかで何かを間違えてたらそうなってたのかな、とかは、たまに」

「そういう方が、下手に一回寝た男よりも、忘れられないのよねぇ」

川尻は遠い目をし、「わかるー」と身をくねらせたが、「でも明日のシフトは代わらないからね」と冷ややかな声で言った。


あいつ、こんな顔だったたっけ。

サエコは見よう見まねで焼香を済ませ、白い花に囲まれた遺影を見つめた。スナップ写真を切り抜いて引き伸ばしでもしたのか、画質が粗く、輪郭がぼやけている。昔から、写真を撮られるのも注目を浴びるのも苦手な奴だった。そのせいか、黒い額縁の中の笑顔は、ひどく居心地が悪そうに見える。

朝、夫を送り出してすぐに実家に向かい、母親から黴臭《かびくさ》い喪服一式を借りた。パチンコ屋には電話で病欠連絡を入れた。欠勤願いを突っぱねられた昨日の今日なので、あからさまな仮病に散々厭味《いやみ》を言われたが、何を言われても『サーセン』で通すサエコに、最後は向こうが根負けした様子だった。

葬儀屋の閉会の言葉を合図に、参列者がぞろぞろと斎場の外に出る。引き出物の受け取り場所で、何人かが場違いな声をあげてはしゃいでいた。無視して通り過ぎようとしたが、「サエコ、サエコ！」と大声で呼び止められる。

「久しぶりじゃん。同窓会の葉書はシカトするくせに、葬式には来るのかよ」

坊主頭のこめかみに何本もラインを入れたガラの悪い男が、馴れ馴れしく肩を抱いてくる。

「しっかし喪服、似合わねーなぁ。人妻ＡＶみてぇ」

「触んなよ」

腕を振り払うと、似たり寄ったりの風体の男女が、ゲラゲラと歯を見せて笑う。

「サエコ、そんなにあいつと仲良かった？」

「あいつ、絶対サエコを好きだったよな。昔さ、教室で俺らのこと、じーっと見てたじゃん。ぶっちゃけ、暗くて不気味な奴だったよな」

「なぁ、このあとファミレス行かねぇ？」

行かねーよ、と吐き捨て、サエコは同級生の群れから抜けた。いくつもの白い目が自分達に注がれるなか、斎場の出口近くで、懐かしげにこちらを見つめる視線に気付いたからだ。サエコが頭を下げると、男は黒縁眼鏡の奥の目尻に皺を寄せて微笑んだ。

「お久しぶりです。きっといらしていると思って、探してました。ええと……」

男はサエコの左手に目を落とし、戸惑った顔をする。五年前に買った安物の結婚指輪だ。

「今は、佐藤サエコです」

「ご結婚されたんですね。彼からは何も聞いていなかったので、ちょっと驚きました」

「……ずっと、連絡を取っていなかったので」

それきり、しばらく言葉が出なかった。八年ぶりに会う男は白髪が増え、少し痩せたようだった。こんな柄にもない服装で向かい合う日が来るとは、当時は思いもしなかった。

「僕も、彼とはなかなかタイミングが合わなくて、最後に一緒に飲んだのは半年くらい前だったかな。昔よく行っていた餃子《ギョーザ》の店、覚えてますか。僕の方が待ち合わせに二時間以上遅れちゃって、結局、三十分くらいでラストオーダーになって解散したんですよ。あれが最後になるなんてなぁ」

男の穏やかな瞳が、寂しげに陰った。

「僕が店に駆けつけたら、『待つのは慣れてますから』って笑ってくれました。『待ってる間の時間も、案外楽しいものですよ』って」

「あいつらしいですね」

男の思い出話に、サエコは小さく笑った。強張っていた頰が軋み、そこに出来たひび割れから、徐々に現実が沁み込んでくる。借り物の黒いパンプスの爪先を見つめ、唇を嚙み締める。

「――佐藤さん。このあと、お時間ありますか。少しお話ししませんか」

俯いて顔を覆うサエコに、男も掠《かす》れた声で囁いた。


茜色《あかね》に照らされた駅のホームで、サエコは目の前を行き過ぎる三本目の電車を見送った。立ち上がることができなかった。長時間ベンチに座ったままのせいか、尾てい骨の辺りが痺れていた。足先の冷えが、じわじわと喉許まで這い上がり、息をするのも億劫だった。

喫茶店で男に渡された封筒が、ずっしりと重い。そっと手を載せると、硬い紙の感触の向こうに、じっとりと汗ばんだような、生々しい温もりを感じる。

『彼の最後の作品です。あなたにお渡しするべきだと思って、預かってきました』

駅員のアナウンスが、次の電車の到着を知らせる。華やいだ声に顔を上げると、制服姿の高校生の集団が、はしゃぎながら階段を駆け下りて来るのが見えた。

スポーツバッグを肩から提げた少女達は、スカートの裾を翻し、軽やかにサエコの前を行き過ぎる。十代の濃い汗の臭いと、柑橘《かんきつ》系の制汗スプレーの匂いが、生ぬるい風に混ざってサエコの鼻をくすぐる。

たまらなくなって顔を背け、ホームにやってきた電車に飛び乗った。乗客のまばらな車内で、座席のある場所まで動くのすら億劫で、サエコはドアに寄りかかった。

窓の外を眺めると、見慣れた田園風景に、濃い化粧が剝がれかけた女の顔が、ぼんやりと重なる。高い建物がない平坦《へいたん》な風景の中、一本だけそびえる火葬場の煙突から、白い煙がたなびいていた。


予想はしていたが、夫の耀司はすでに帰宅していた。マンションの部屋の窓に、灯りが点《つ》いていた。

憂鬱な気持ちで「ただいまー」と声を張るも、テレビの音しか聞こえない。リビングを覗くと、耀司はソファに寝転がり下着一枚でいびきをかいていた。床には汚れた作業着が脱ぎ捨てられ、発泡酒の缶が三本転がっていた。その場しのぎだとわかっていたが、とりあえずほっとした。

洗面所で手を洗い、どうせなら風呂にも入ってしまおうと、喪服のワンピースを脱ぐ。背中のファスナーを下ろしていると、不意に後ろから、強い力でネックレスを引っ張られた。安物の真珠が喉に食い込み、息が止まる。必死に首をひねって振り返ると、眠っていたはずの耀司が、血走った目でサエコを睨んでいた。

「今日はパチ屋のバイトじゃないのか？　なんだ、この服。顔にもベタベタ塗りたくりやがって、男にでも会ってたか」

化粧が濃いのは、お前がバカスカ殴るからだろうが、と言い返したかったが、声が出せない。耀司はネックレスから手を離すと、力任せにサエコの背中を突き飛ばした。サエコは頭から収納棚に突っ込み、洗濯用洗剤や漂白剤のボトルと共に床になぎ倒される。のしかかってきた耀司に、分厚い手で頬を張られた。口の中に血の味が広がる。

痛がれば大げさだと殴られ、反応を返さなければ、俺を馬鹿にしてんのか、と激昂《げっこう》される。殴られるごとに体の感覚が麻痺《まひ》し、意識が、奥へ奥へと沈んでゆく。

耀司の拳を脇腹に受けながら、なんでこいつと結婚したんだっけ、と思う。どうやって出会って、どんなところを好きになったんだっけ。

数年前のことすら思い出せないくせに、それよりもずっと前の、地元の高校の制服を着て、屈託なくはしゃいだ日の思い出だけが、鮮明に瞼の裏に甦る。目を閉じているのに眩しすぎて、涙が滲んだ。

怖いものなんて何もなかった。何者かになりたいなんて、思ったこともなかった。それくらい自分が、当たり前に特別な存在だと信じていた。

気を失いそうな痛みの中、急に耀司の拳が止まる。

「……なんだ、コレ」

耀司の怪訝そうな呟きに、サエコは薄く目を開けた。床には、葬儀の引き出物の紙袋が横倒しになり、分厚い封筒の中身が飛び出しかけていた。耀司が無造作に拾い上げ、封筒の中に手を入れる。

その瞬間、サエコの頭の中で白い火花がスパークした。

「触んじゃねーよ、豚野郎!!」

叫ぶと同時に右手が動いた。指に触れた何かを握りしめ、自分の体に馬乗りになっている耀司のこめかみに、力いっぱい叩きつけた。ガラスが割れる音がし、べたつく液体がサエコの体に降りかかる。

肉の壁のようだった耀司の巨体は、呆気なく横向きに崩れ落ちた。サエコは立ち上がり、自分の手の中のものを見つめた。いけ好かない姑から贈られた、手作りのインテリアフラワーだった。ガラスの瓶に植物を入れオイル漬けにした、ハーバリウムというものだ。名前も知らない花が、ぎとぎとした油にまみれて、サエコの腕にへばりついていた。

「——ふざけんなよ、クソ女……」

耀司が苦悶《くもん》の表情で呟く。渾身《こんしん》の力で股間を踏みつけてやると、小型犬のような甲高い声で鳴いた。

「クソはてめえだろうが」

ぞっとするほど冷たい声が出た。オイルにまみれてうずくまる耀司を見下ろしながら、ふと、この油って火を点けたら燃えるかな、という考えが頭をよぎった。

血まみれの喪服姿の女がよほど恐ろしいのか、タクシー運転手はサエコを薄暗い住宅街で降ろすと、逃げるように去って行った。実家の住所を伝え、財布に入っていた有り金全てを差し出し、行けるところまで行ってくれと頼み込んだのだ。

咄嗟に突っかけてきたゴムサンダルを引き摺《ず》りながら歩く。頬を手で擦ると、乾いた血のカスがポロポロと剝がれ落ちた。時々出くわす善良そうな人々が、ぎょっとしたように退き、目を逸らして去って行く。

田舎特有の無駄に広い駐車場を歩き、コンビニの自動ドアを抜けると、ピンポン、と場違いに明るい音がした。レジに立っていた制服姿の母親が、ぎょっとしたように目を剝く。

「あ、ああ、あんた、なんなの、その恰好……ま、まさかヒトゴロ」

「や、これは自分の鼻血。耀司の血も、ちょっとは混ざってるけど」

母親は、ヒッと短い悲鳴を上げて青ざめた。

ガラスでこめかみを切った耀司は、ほんの少しの出血でギャアギャア泣きわめいていた。その情けない姿を見たら、それ以上何かする気が失《う》せた。薬指から引き抜いた結婚指輪を耀司の顔面に投げつけ、反撃される前に家を飛び出してきたのだ。

「それで、耀司君は平気なの？　救急車は？」

「だから大したことないっての。どうでもいいけど、なんで娘が加害側だって決めつけるわけ。義理の息子よりも、まずは娘の心配をしなよ」

「あんたが、おとなしく男にやられるわけがないでしょう！　やられたら百倍にしてやり返す子でしょうがっ」

母親の言い草に唖然としつつも、そうだ、昔の自分はそういう奴だった、と笑いが込み上げる。クッ、と喉の奥が鳴った。

サエコはレジ横に手を伸ばし、目についた黄色い缶コーヒーを取った。

「これ、一本貰うよ」

「いいわけないでしょ、ちゃんと払いなさいよ！」

「あと、うちら離婚するから。ちゃんと仕事探して金入れるし、店も手伝うから、しばらく置いてくんない」

「あと、って、あんたねぇ、そんなついでみたいに」

あわあわと唇を震わせる母に背を向け、サエコはバックヤードから階段を上り、実家の玄関を開けた。学生時代に使っていた部屋に入る。古い型の掃除機や、通販で買ったらしき健康器具、紐で縛られた雑誌や新聞などが雑然と置かれ、物置部屋と化していたが、かろうじて足の踏み場はある。

鼻の穴に詰めていたティッシュペーパーを捨て、押し入れを開ける。衣装ケースにはまだ、高校時代のジャージが押し込まれていた。血まみれの喪服を脱ぎ、腹や腕についたいくつもの痣を見下ろす。液晶画面がひび割れたスマホで下着姿の写真を撮り、インカメラに切り替え、顔写真も撮った。内弁慶でビビりな耀司のことだ、この写真をネタに脅せば、案外すんなり離婚に応じるかもしれない。

血に汚れてごわついた髪を後ろでまとめていると、スマホが鳴った。今日喫茶店で登録したばかりの番号だ。

「何度もすみません。佐藤さん、封筒の中、ご覧になりましたか」

サエコはスピーカーフォンのボタンをタップし、スマホをベッドの上に置いた。家を出てからずっと抱きかかえていた封筒には、喪服に付いた血が移り、ところどころに赤茶けた汚れが付いていた。そっと中身を覗く。A4サイズの用紙の束が、事務用のクリップでまとめられている。鉛筆書きでコマ割りがされ、吹き出しやキャラクターが絵コンテのように書き込まれた、漫画の設計図だ。

「電車の中で読みました。率直に言って、面白くなかったです」

「……辛辣《しんらつ》ですね」

スマホの向こうで男が苦笑する。

出版社のファッション誌で編集の仕事をする主人公が、恋に仕事にと奮闘し、おまけに時々高校時代にタイムリープするという、おおよそ青年誌の読者に好まれそうもない設定だった。それでも、懐かしい手書きの文字や特徴のあるコマの割り方、キャラクターの繊細な表情の描写に、胸が詰まった。

「馬鹿ですよね、あいつ。ファッション業界とか、アラサー女子のリアルな日常とか、全然ガラじゃないくせに――あいつの作風を活《い》かすなら、もっとギリギリまで主人公を追い込んで、どうにもならない状況にした方がタイムリープの設定が映えるし、最初のシーンだってもっと派手に、いきなり上司をぶん殴って会社を辞めるとか――いや、むしろ、いっそ殺害シーンから始めるとか――」

勢いづいた言葉は、すぐに萎《しぼ》んでゆく。今更どんなにダメ出しをしたところで、噛みつくように言い返して来る相手はいないのだ。人前では弱気なくせに、自分に対してだけは頑固で、こうと決めたら梃子《てこ》でも動かなかった。あんなふうに喧嘩腰でひとつのものを作ることは二度とないのだと思い知らされる。

長い沈黙のあと、「懐かしいですね……」と男が呟く。

「深夜のファミレスで、佐藤さんが彼に手を出しそうになって、僕が慌てて止めに入ったことなんかも、ありましたね。今はご結婚されて幸せに暮らしているあなたに、こんなことを言うべきじゃないとわかっているんですが――僕は、もう一度、あんなふうに意見をぶつけあうふたりが見たかった。彼もきっと、同じ気持ちだったと思います。個人名義で描き続けながら、本当はずっと、佐藤さんを待っていたんじゃないかと」

こみ上げる嗚咽を押しとどめ、サエコはきつく唇を噛んだ。

「もう、佐藤じゃないんです」

「え?」

サエコは、左手の薬指の付け根についた、白い傷のような指輪のあとを見つめた。

「佐藤、やめるんです。東に戻ります」

スマホの向こうで、かつての担当編集者だった猿渡が息を呑むのがわかった。

電話を切ったあとも、サエコはしばらく、黒い液晶画面を見つめていた。自分の内側で、ふつふつと何かが滾《たぎ》っている。とうの昔に枯れ果てたと思っていた場所から、得体の知れない熱いものが溢《あふ》れてくる。ベッドで膝を抱え、暴れ出しそうな衝動を抑えつける。今更もう、漫画は描けない。シナリオを書いたところで、他の誰かの絵が付くことなど考えられない。

だがどんなに自分に言い聞かせたところで、気持ちの昂《たか》ぶりを鎮めることはできなかった。

そっと封筒に手を入れる。ネームの束を取り出し、奥にまだ何かが入っていることに初めて気付く。手のひらより少し大きいサイズの、使い込まれたノートだ。ページをめくると、何人もの女性キャラクターが現れる。どれも特徴が薄く、表情にも生気がない。やはり女性主人公の造形に相当苦労したらしい。

パラパラとページをめくり、半分ほど進んだところで、サエコは息を呑んだ。

震える指で、そっとページを撫でる。湿気を含んだ黄ばんだ紙は、人の皮膚のように生暖かく、ざらついていた。描かれていたのは、制服のポケットに両手を突っ込んだ女子高生だ。偉そうに足を広げて立ち、ふてくされた顔でこちらを睨んでいる。

次のページをめくると、同じ少女の笑った顔が描かれている。迷いが滲んでいたペンタッチが、力強く、活き活きとしたものに変わっていた。次のページも、また次のページも、同じ少女の姿だけが描かれていた。

サエコ、という走り書きの三文字を見つけた瞬間、一気に視界が滲む。

「サエコ、なんて、一回も呼んだことないくせに……イキってんじゃねーよ、クソ峯田っ」

笑いと共に、涙がこぼれた。

サエコはベッドから下りると、古びた学習机の引き出しを開けた。使い掛けのノートが何冊も出てくる。小学生の頃、下手糞な漫画を描いていた頃の名残だ。鉛筆立てに差さったボールペンを握る。暴れ出しそうな衝動があるだけで、まだ何も決まっていない。それでもペン先を滑らせ、キャラクターの輪郭を描いてみる。斎場で対峙《たいじ》した遺影のイメージをなぞるように、目、鼻、と描きこんでゆき、すぐにページを破り捨てた。

『もっと真面目に絵の練習をしなよ』

懐かしい声が甦り、苦笑いで舌打ちする。

顔立ちはぼんやりとしか浮かばないのに、机にかじりつくようにしてノートに向かっていた後ろ姿だけは鮮明に浮かぶ。それにあの、おかしな鉛筆の持ち方。初めて美術室で声を掛けた日から、紙の上を踊るように滑る鉛筆の動きに、そこから生み出される活き活きとした線に、一瞬で魅了された。

サエコはペン先でページをコツコツと叩き、やがてまた、書き始める。漫画でもない、シナリオでもない。あふれ出す物語の力に突き動かされるようにして、がむしゃらに文字を綴《つづ》った。

気が付くと、肩で息をしていた。朝刊配達の原付が走る音がする。こんなふうに朝を迎えるのは久しぶりだ。

コンビニでくすねた缶コーヒーが汗をかき、底に水溜まりを作っていた。タブを開け、口を付ける。強烈な甘さが、頭の芯と舌に滲みた。ティッシュペーパーで洟をかみ、東サエコは、書きなぐった冒頭文を読み返す。

《子供の頃から、鉛筆の持ち方がおかしい、と言われてきた。人差し指と中指の間に傾けた鉛筆を挟み、親指は添えずに立てたままにする。親にはみっともないから直せと言われ、教師や他の人間からは、よくそんな持ち方で書けるな、と驚かれた。それでもこの方法で引く線が一番思い通りに踊るのだと、峯田太郎は思っている――》

ファーストシーンは、神保町にある出版社の漫画編集部。主人公は売れない漫画家だ。かつて喧嘩別れした相棒を、いつまでも待ち続ける馬鹿な男の話だ。眩しい光に溢れた、終わらない夢の物語だ。

ビターマーブルチョコレート

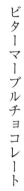

路線バスの優先席で、娘の華《はな》が、顔を真っ赤にして泣きわめく。短い手足をばたつかせ、罠《わな》にかかった獣のように暴れる。

近森朱里《ちかもりあかり》は泣きたい気持ちで、すみません、すみませんと、誰にともなく頭を下げた。吊革《つりかわ》に摑まっているスーツ姿の男も、ひとり掛けの席に座ってハンドバッグを膝に載せている初老の女も、皆冷ややかな視線を朱里に送る。

「華ちゃん、お靴が履きたいなら、ママとたっちしようか！」

声に苛立《いらだ》ちが滲まないように気を付けながら、朱里は華の耳に向かって、叫ぶように言う。そうしないと華の泣き声で、朱里の声が掻き消されるからだ。

こんなとき朱里は、頭のてっぺんからすうっと魂が抜け、泣きわめく華と自分を俯瞰《ふかん》している感覚に陥る。そして、もしかしたら自分は、華ではなくバスの乗客の耳に届かせるために声を張り上げているのかもしれない、と思う。私はちゃんと子供の面倒を見ていますよ、無能な母親ではありませんよ、というアピールのために。

華は来月、三歳の誕生日を迎える。元々の利かん気の強い性格にイヤイヤ期が重なり、気に入らないことがあれば、声がかれるまで粘り強く泣き続ける。今日も華は、やーだーやーだおくつー、と頭を振りまわし、唾と涙を散らして泣きわめく。バスの座席に座らせたはいいが、スニーカーを脱がせてからずっとこの調子だ。華の脚の長さで座席に座らせると、靴底がシートを汚してしまう。靴を脱いで座るのはいや、だが立つのはもっといや、という、ただそれだけのことで、この世の終わりのような声で叫び続ける。朱里が力ずくで抱き上げスニーカーを履かせようとすると、今度は小さな足をばたつかせ、懸命に抗《あらが》う。ウサギとさくらんぼの刺繡《ししゅう》が施された真っ赤なスニーカーが、華の爪先から蹴り飛ばされ、乗車口付近に座っていた女子高生の頭にボコンと落ちる。

「華っ！」

朱里の怒声に、華は目を真ん丸にした。すぐに、ギャアアアアと耳をつんざくような声が響き渡る。滅茶苦茶に暴れる華を抱きかかえ、ごめんなさい、ごめんなさい、とあちこちに謝りながら、朱里はバスの降車口へと急いだ。降りる予定の停留所のひとつ前だったが、これ以上車内に留まるわけにはいかない。

夫と華と三人で暮らす二子玉川《ふたこたまがわ》から電車とバスを乗り継ぎ、おおよそ三時間。目の前には、うらぶれた田園風景が広がっている。どこまで歩いても枯葉色が続くばかりで、道路脇に立てられた『緑と水のまちに、ようこそ！』という看板が、物哀《ものがな》しくさえ見える。

実家への帰省は高校卒業以来だ。団地でひとり暮らしをする母が、手首を骨折したのだ。幸い軽傷で利き手でもなく、日帰りの手術だけで済んだのだが、夫の敏行《としゆき》は朱里に、しきりに帰省を勧めた。

『お義母さんだって、本当は朱里に帰って来て欲しいんじゃないかな。華にも久しぶりに会いたいと思うし』

妻の実家を気遣う良き夫、良き義息子《むすこ》然とした口ぶりだったが、敏行の本音はわかっている。最近のぎくしゃくとした夫婦関係から、ほんのひとときだけでも逃げ出したいのだ。実際昨夜も、帰省の支度をする朱里を見ながら、『朱里にとっても、いい気分転換になると思うんだよね』などと、したり顔で呟いていた。

そういうわけで朱里は、未《いま》だ泣きぐずる我が子を抱きかかえ、ぱんぱんに膨らんだマザーズバッグの持ち手に肩を食いちぎられそうになりながら、敗残兵のような足取りで川沿いの道を歩いている。十一月も半ばだというのに、カシミヤのニットの下に着たインナーが、汗でぐっしょりと濡れる。

「華、あそこが、ばあばのお家だよ。いつも電話でお話ししてるから、覚えてるよね。茨城のばあばだよ」

あやすように背中をさすると、華は涙でぐちゃぐちゃになった顔を上に向けた。泣き腫らした瞼をこじ開け、目の前の建物を、いぶかしげに見つめる。

近頃は古い団地をリノベーションした住宅が人気らしいが、そういったお洒落な雰囲気とは程遠い、昔ながらのしみったれた集合住宅だ。ひしめき合うように並んだベランダには、ぽつぽつと洗濯物が干されている。穿き古したズロースが風にはためいているのを見て、朱里の気持ちはますます沈んでゆく。自分達家族が暮らすマンションには、あんなふうに下着を丸出しにして干す住民はいない。

暗く淀んだ気持ちを誤魔化すように、朱里は娘を見つめる。

「華、ばあばにご挨拶できるよね。ちかもりはなです、もうすぐさんさいです、って、ちゃんと言えるよね」

「……おばけ！」

「え？」

一瞬、聞き間違いかと思った。怪訝な顔をする朱里に、華はもう一度、はっきりとした発音で、「おばけ」と言う。華が人差し指を向ける方向に目を向け、朱里は息を呑んだ。ヒュッ、と悲鳴のような音が喉から洩れる。

三〇四号室――朱里の実家の隣のベランダに、女がいた。青白い顔で、恨めしげにこちらを見下ろしている。サイズの合わないぶかぶかのスウェットが、痩せ過ぎの体を針金ハンガーのように貧相に見せている。

女はしばらくこちらを見つめていたが、やがて、ふっと姿を消した。朱里は立ち尽くしたまま、しばらくその場を動くことができなかった。

「お隣さん？　そうよ、今はマコちゃんがひとりで住んでんのよ」

母は煎餅を齧りながら、あっけらかんと言う。そうか、やはりあれは、幼馴染の真琴《まこと》か。

母と顔を合わせるのは一年ぶり——母が勤め先のスナックの慰安旅行のついでに二子玉川のマンションを訪ねてきて以来だったが、華は久しぶりに会う祖母に臆することなく、おとなしく膝に抱かれている。自分のしたいことを聞き入れてもらえないときは粘り強く暴れるが、人見知りをしたり、初めての場所に怖気《おじけ》づくことはないのだ。

「ひとりで住んでるって——帰省じゃなくて？　たしか国立の女子大に行って、東京で働いてるとか言ってなかった？」

さして関心がない風を装いながら、実は朱里は、真琴が進学した大学名も、就職先の一流メーカーの名前も記憶している。朱里が結婚するまでは、母からことあるごとに『マコちゃんは有名大卒で一部上場企業の正社員なのに。あんたときたら百貨店勤務、なんていえば聞こえはいいけど、ハケンじゃ、ねぇ』と、うんざりするほど比較されたからだ。

「それがねぇ、四年くらい前に、お父さんの介護のためにお勤めを辞めて帰ってきたのよ。ほらー、前にあんたにも電話で話したでしょ。お隣の石原《いしはら》さんの奥さんが亡くなってから、旦那さんの様子がどうもオカシイって。団地の下の公園を下着だけでうろうろしたり、大きな声で、なんだかよくわからないことを叫んだりとか」

そういえばそんな愚痴の電話が、長々とかかってきた気はする。

「それで去年、急にお父さんの方も亡くなったじゃない？　それ以来マコちゃん、引き籠りみたいになってんのよ。お金の方は、どうやらお兄さんが仕送りを続けてるみたいなんだけど。でもそんなに余裕があるなら、はじめからマコちゃんに会社を辞めさせないで、お父さんを介護施設に入れたらよかったのにねぇ」

長年地元のスナックで雇われママをしている母は、職業柄か、近隣の住人の家庭事情に呆れるほど詳しい。いつもの癖で頰に手のひらを当て、すぐに、いたた……と顔をしかめる。手の甲から肘までを覆うギプスが痛々しい。口は達者でも、やはり体の自由は利かないようだ。店からの帰り道、酔っぱらったまま自転車を運転し、田んぼに突っ込んだのだ。

朱里は華のために蜜柑《みかん》の皮を剝きながら、八畳の居間を見まわした。相変わらず物に溢れ、雑然としている。テレビ台の上には、新聞や週刊誌、百均で買ってきたような安っぽいマッサージグッズが、ごちゃごちゃと置かれている。怪我のせいではなく、母の掃除嫌いと片付け下手は昔からだ。

「結局あんたみたいなのが、女としては一番幸せよ。昔は、蛙《かえる》の子は蛙だしね、と思って諦めてたけど、ちゃんといい旦那さんを摑まえて、こーんな可愛い子にも恵まれて」

ねっ華ちゃーん、と、母は孫に頰ずりせんばかりに言う。口の中の煎餅を咀嚼《そしやく》しながら喋るので、華の髪や肩に、煎餅のかけらがこぼれ落ちるのではないかとハラハラした。「華、おいで」と、さりげなく自分の膝に呼び寄せる。

「そういうわけだから朱里、マコちゃんにはかかわらないようにしときなさいよ」

「なんで」

「幸せな女って鈍感ねぇ。あんた、『無敵の人』って言葉を知らないの？　独身で仕事も身寄りも貯金もなくて、失うものが何もないから凶悪犯罪に走った人のことを、最近はそんなふうに呼ぶのよ！　マコちゃんだって、何をきっかけにタガが外れるか、わかったもんじゃないわ」

母は炬燵の上の女性週刊誌のページをめくり、『幸せそうな顔をした奴が憎かった』という通り魔事件の犯人の供述を、嬉々《きき》として読み上げる。

インターネットで少し前に流行《はや》った言葉を最新情報のようにひけらかす姿に、げんなりする。同級生の母親に比べて見た目が若く、姉に間違われることも多々あった母も、もう五十を過ぎている。無敵の人云々《うんぬん》よりも、親の介護という言葉の方が、朱里にとっては生々しい脅威だ。

「言われなくても、かかわる気なんかないよ。もともとそんなに仲が良くなかったし」

「そうよねぇ、子供の頃は、あーちゃんマコちゃんなんて呼びあって、公園の砂場で泥まみれになって遊んだもんだけどね。やっぱり、こうまで差がついちゃうとね」

鼻の穴を膨らませ、得意げに言う母に、胸の裏側がざらついた。久しぶりの感触だ。

朱里と真琴は、常にお互いの親に比べられ張り合わされ、仲の悪い姉妹のようにして育った。成長するにつれ関係は歪んでいき、中学に入る頃には、ほとんど口もきかなくなった。

最後に真琴と言葉を交わしたのは、高校時代だ。場所はどこだったろう。そうだ、この団地の屋上だ。

――あんたさ、いじめられるのが好きなんでしょ？　いっつもビクビクおどおどして、鬱陶しいんだよ！

――ごめんなさい、ごめんなさい、怒らないで……

制服姿で揉《も》み合う自分たちの姿が、鮮明に目に浮かぶ。踏みつけられて靴底の痕がついたスカート、足許に転がる空のペットボトル、髪の毛から滴り落ちるミルクティー。真琴の頬を照らす燃えるような夕焼け——

「朱里、ちょっと、聞いてんの!?」

母の声に我に返る。膝の上に座る華が、窮屈そうに身をよじっていた。気が付けば華を抱く腕に力がこもりすぎていた。母が余計なことを言うから、いやな記憶が甦った。

「それで、向こうの家には私の怪我のこと、どう説明してるわけ？　あんたのことだから、馬鹿正直には話していないでしょうけど」

「……どうでもいいでしょ」

「だって、あっちの家からお見舞いの電話が掛かってきたらどうするの。心配しなくても私、嘘をつくのは上手いんだから。結婚前の顔合わせだって、上手くやったでしょう？」

三年前、東京のフレンチレストランでの両家の顔合わせを思い出す。母はどこか得意げに、朱里が事前に伝えた設定を演じていた。早くに夫に先立たれ、女手ひとつで娘を育て上げた看護師長。私もようやく肩の荷が下りました、と目許にハンカチを当てる母を見て、敏行も義父母も目を赤くしていた。

「これでも店では、三十八歳の美人ママで通ってるからねー。まっ、誰も信じてないけど」

歯茎を見せてげらげらと笑う母を見ていると、あの日の不愉快な気分が甦る。自分が蒔《ま》いた種とはいえ、嘘八百を垂れ流す母が、善良な家族を騙《だま》すペテン師のように見えた。

「やめてよ、華の前で」

「わかりゃしないわよ、まだ二歳でしょう。そういえば、春から幼稚園よね」

朱里の胸に、じわりと苦いものが滲む。まさか実家に帰ってまで、この話題が出るとは思わなかった。

「あんたのことだから、どうせ名門の私立幼稚園なんでしょう。お祝い金、いくら包めばいいのかしら」

「別にいらないよ」

「そういうわけにもいかないでしょ、向こうのお家に非常識だと思われちゃうじゃない。やあねー、せっかくお見舞い金を貰っても、なんだか結局、損みたいねー」

母は、朱里が敏行から言付かってきた封筒を、ひらひらと揺らしながら言う。

「だから、いらないって！」

いけないと思いつつ、尖った声を出してしまった。母はきょとんとした顔をしてから、「何怒ってんのよ、冗談が通じない子ねー」と、銀歯を見せて笑った。


豆球の橙色の灯りがともった八畳の和室を、朱里はもう一時間以上、うろうろと歩き回っている。部屋の隅にはハンガーラックが置かれ、母の洋服が掛けられている。暗闇全体に母の香水と体臭が充満し、毛穴のひとつひとつに潜り込んで肌に染み付いてしまいそうだ。

足許には、押し入れから引っ張り出した敷布団がある。最後に干したのがいつかもわからないほど、じっとりと湿気を含んで硬くなったものだ。初めは、こんなものに華を寝かせるなんて、とぞっとしたが、今は一秒でも早く、自分の胸でぐずる肉の塊を放り投げたい、と思ってしまう。

華の喉からは、ヒュウ、ヒュウ、と隙間風のような音が洩れる。泣き過ぎて喉がかれたのだろう。それが次第に寝息に変わり、ああ今夜も乗り越えた、とほっとする。

おそるおそる布団に横たえ、華の首の下に敷いた手を、慎重に引き抜く。華の瞼がびくりと引き攣り、それだけのことで、朱里の心臓は大きく跳ねる。

しばらく朱里は、そのまま枕許に座っていた。ぐずっていた時間が長ければ長いほど、朱里はこうして華の寝顔を見つめる。涙と鼻水でぐちゃぐちゃになった顔を拭ってやりながら、華に対する愛おしさが、さざ波のように押し寄せるのを待つ。

大丈夫、私はこの子が可愛い、という確信を手繰《たぐ》り寄せてから、ようやく、のろのろと腰を上げる。毎晩、その繰り返しだ。だがこのところ朱里は、華を布団に寝かせてから立ち上がるまでの時間が、日に日に長くなっているのを感じる。

そっと手を伸ばし、居間へと続く襖を開ける。母は炬燵に足を突っ込み、音量を落としたテレビを眺めていた。

「あんたも、よくやるわね。子供なんて勝手に泣かせておけば、疲れて眠るわよ」

つい先ほどまで、華ちゃん華ちゃんと甘ったるい声で呼びかけていたくせに、よくもそんなことが言えるものだ。

朱里は母の背後に立ち尽くしたまま、炬燵の天板を見下ろした。母の幕の内弁当の容器には米粒があちこちにこびりつき、ピンク色の漬物がひと切れ、齧りかけのまま残されている。もうひとつは華が手をつけたハンバーグ弁当で、半分以上残された白米を、脂ぎった茶色のソースが汚していた。スプーンでこねまわされたポテトサラダはぐちゃぐちゃで、ケチャップまみれのパスタが数本、弁当容器の縁から垂れ下がっている。

「あんたもお弁当を買ってくればよかったのに。華ちゃんの残りだけで、足りるの？」

「食欲ないから」

母の尻の横には、プラスチックの先割れスプーンが落ちている。華が使っていたものだ。拾い上げると、ケチャップとソースでべたついたスプーンに、赤茶けた長い毛が一本、へばりついている。根許から数センチが白髪になっているので、母の髪の毛だ。

たまらなくなってスプーンを放り、コートを羽織った。

「ちょっと出てくる。もし華が起きたら、電話して」

玄関で靴を履く朱里の背中に、「自転車に乗るなら、ちゃんとライトを点けなさいよー」という、母の呑気な声がかかった。

濡れた髪にフードを被り、狭く急な階段を駆け下りる。街灯の弱々しい光が、二つの棟の間にある公園を照らしていた。雑草を踏みしめ、動物形のスプリング遊具に近づく。塗装が剝げたパンダは、目だけがぎょろりと大きく、異形の生き物のようだ。横座りに腰を下ろすと、古いスプリングがきしんだ。

コートのポケットを探り、薄型のシガレットケースを取り出す。結婚前にやめた煙草を、最近また吸うようになってしまった。敏行に気付かれる前にやめなくてはと思うのに、このちっぽけな一本が、いまの朱里にとっては正気を保つための命綱なのだ。

震える指で煙草をくわえ、火を点ける。メンソールが効いたベリー味の煙を胸いっぱいに吸い込むと、崩れかけの積み木のようだった心が、少しずつバランスを取り戻す。スマートフォンを見ると、敏行からの不在着信が三件も入っていた。どうせ独身気分で飲みにでも行っているのだろう。酔っぱらうと敏行は決まって、華の声が聞きたい、と電話をかけてくる。やめて欲しいと話しても聞かないので、朱里は寝かしつけの前に、着信音を消すようになった。

画面をタップすると、ツーコールで繋がる。もしもし、の「も」を発しかけた瞬間、予想外の声が聞こえた。

「朱里さん？　敏行ね、いまお風呂に入っているの」

姑の声だった。敏行まで実家に帰っているとは知らなかった。夫の実家は、マンションから徒歩で十分前後の場所にある。

風呂に入っているということは、敏行はそのまま泊まるつもりなのだろうか。こういう場合、妻としては何と返すべきなのだろう。ご迷惑をおかけしてすみません、なのか、ありがとうございます、なのか。朱里が口ごもっている間に、姑はさっさと話を進める。

「お母様のお加減はどう？　利き手じゃないとはいっても、不便よね。リハビリ中に転倒しかけた患者さんを庇《かば》ったんですって？　本当に、看護師のかがみよねぇ」

「いいえ、そんな……。でも、思ったより元気そうです。月曜までには、華と東京に帰るつもりです」

「敏行のことなら心配しなくていいのよ。朱里さんも、たまには実家でゆっくりしたらいいのよ」

ゆっくり。ゆっくりとは、何だろう。実家に着いて早々に母に華の世話を頼み、ハンドルがひん曲がった自転車でスーパーマーケットに走り、紙おむつや歯ブラシ、ふたり分の弁当、数日分の食材を買って帰宅し、炬燵で弁当を食べるふたりの様子を窺いながら黴だらけの風呂場を掃除し、母の入浴を手伝い、華を風呂に入れ、自分の髪を乾かす暇もなく、ぐずる華を寝かしつけた。それが姑の言う、ゆっくり、ということなのだろうか。

頭の中に呪いのような言葉が渦巻き、だが朱里は結局、「すみません、ありがとうございます」と引き攣った声で呟いた。

「華ちゃんは、寝ちゃったのかしら。ちょっとだけでも声が聞きたいんだけど」

「すみません、ついさっき……少し、疲れちゃったみたいで」

「三時間の長旅だったものね、可哀想に」

可哀想に。私は、華に何か可哀想なことをしたのだろうか。ニコチンで無理矢理鎮めた気持ちが、徐々にささくれてゆく。

「それと、華ちゃんの幼稚園のこと、敏行から聞いたけど……」

どきんと鼓動が跳ねる。穏やかな姑の声が、まるで華の全力の泣き声を聞いているときのように、わんわんと頭に響く。

「あっ、すみません、母がお風呂から呼んでるみたいで」

咄嗟に電話を切った。ほんの短い時間の中で、自分は一体いくつ嘘を重ねれば気が済むのだろう。

朱里はそのまま、暗くなった画面に自分の顔が映るまで、じっとスマホを見下ろしていた。煙草の熱を指に感じ、悲鳴と共に取り落とす。いつのまにか、随分短くなっていた。

背後から、ぷっと噴き出す声が聞こえる。振り返ると、滑り台の上で何かがうごめいていた。たじろぐ朱里の前に、黒い塊がすうっと下りてくる。真琴だ。引き籠りと聞いていたので、部屋を訪ねない限り、遭遇することはないと思っていた。

「あーちゃん、久しぶり。元気だった?」

痩せこけた顔に浮かぶ満面の笑みが不気味だった。真琴は昼間に見かけたときと同じ、だぶだぶのスウェットを着ている。脂じみた体臭が、つんと鼻を突いた。

「何やってるの、こんなところで……」

「別に? 隣の家の子供の夜泣きがうるさくて、苛々するから、避難してただけ」

当て擦りのような物言いにカッとしたが、滑り台から着地した真琴ににじり寄られると、恐怖が勝った。真琴は、朱里が落とした煙草を拾い上げ、何のためらいもなく唇にくわえる。

「こんなに甘いのを吸ってるんだ。可愛こぶっちゃって」

小馬鹿にしたように鼻を鳴らし、朱里の顔に煙を吐き出す。吸い慣れたベリーの香りも、他人の口臭が混ざると、おぞましさしか感じない。

「ねえ、あーちゃん、夕飯食べた？　子供の夜泣きに振りまわされて、何も食べられてないんじゃない？　ファミレスにでも行こうよ」

「……悪いけど、子供を母に預けてるから」

「冷たいなぁ。もしかして、お母さんが言ったことを真に受けてる？　無敵のヒト、ってやつ」

図星を突かれてぎょっとする。真琴は煙草をくわえたまま、くつくつと笑った。

「うちの団地、隣の声が丸聞こえだもん。昔っからそうだよね。あーちゃんのお母さんが彼氏とイチャつく声とか、ばっちり聞こえてたし。結構面白かったけど、夕食時はやめてほしかったよねー、家族の食卓が凍り付いたもん」

何も言えずに固まる朱里の顔を、真琴は腰をかがめて覗き込む。洞穴のように真っ暗な瞳をぎょろつかせ、真琴は甘えた声で囁いた。

「ねっ、ちょっとでいいから付き合ってよ、あーちゃん。……じゃないと私、何するかわかんないよ？」


団地から歩いて数分のファミリーレストランは、夜の九時過ぎだというのに、子供達の声で騒がしかった。華よりふたまわりほど体が大きいので、小学生だろうか。ドリンクバーの前ではしゃいでいたかと思えば、狭い通路を走り回り、鬼ごっこを始める。奥のボックス席にいる母親達はお喋りに夢中で、子供を叱りつける気配はない。朱里は顔の前に立てたメニューの陰で眉をひそめた。

真琴はというと、気にするそぶりもなく、真剣な顔でメニューを睨んでいる。

「うーん、ミックスフライ定食と、タスマニアビーフ百パーセントハンバーグ、どっちにしようかなぁ。あーちゃん、決まってないなら、ふたりでひとつずつ頼んで、シェアしない？」

伸びすぎて黄ばんだ爪を齧りながら、ぞっとするようなことを言う。

「……私は、ホットチョコレートだけにする」

「えー、飲み物だけ？　もしかしてダイエット中？　確かに、あーちゃん太ったよね。昼間にベランダから見かけたときは、里帰り出産かと思ったもん」

どうしてこの女は、いちいち腹が立つことを言うのだろう。朱里の苛立ちをよそに真琴は、「決ーめた」と呼び出しボタンを押す。制服姿の店員が、小走りにやって来る。

「すみません、ミックスフライ定食と、ホットチョコレート。あと、あそこの子供達、うるさすぎて迷惑なんですけど。黙らせろって、親に注意してくれません？」

聞こえよがしな大声で言うので、朱里も、内気そうな女性店員も、絶句した。

「あなたが言えないなら、店長さんを呼んで。私からお願いするから」

「え、えっと」

女性店員は、今にも泣き出しそうな顔でうろたえる。見かねた朱里が「ちょっと、やめなよ」と口を挟んだが、真琴はどこ吹く風だ。

「あーちゃんだって、迷惑そうにしてたじゃない。ここはご飯を食べるところで、運動場じゃないんだよ。ちゃんと注意してあげなきゃ、子供が可哀想じゃん」

いつのまにか、母親達のお喋りは止《や》んでいた。敵意を剝き出しにした視線が、朱里にまで突き刺さる。結局彼女達は、まだ遊びたい、とぐずる子供を引きずるようにして帰って行った。

「ちょっと、言い過ぎだったんじゃないの」

「何で？　おかしいのはあっちじゃん。ああいうのを見ると、ちゃんと躾《しつ》ける気がないなら産むんじゃねーよと思っちゃう。後先考えずにペットを飼う馬鹿と、一緒じゃん」

言っていることは正論かもしれないが、言葉の選び方がいちいち不愉快なのだ。やはり、付いてきたのは間違いだった。

朱里は苦々しい思いで、注文したホットチョコレートのマグカップに唇を寄せる。どろりと熱く甘ったるいだけで、溶け残りの砂糖が舌にざらつく。こんなものを飲むくらいなら、三倍以上の金額を払ってでも、マンションの近くのチョコレートショップでホットショコラを楽しむ方がよほど良い。しかし独身時代、百貨店の派遣販売員として、ふくらはぎをぱんぱんにして働いていた頃は、こういったファミレスで食事を取ることが当たり前だった。

視線を横に向けると、暗い窓ガラスに、マグカップを手にした自分が映っている。風呂上がりなのでラフな服装だが、部屋着のニットワンピースもコートも、あの頃社割で買っていた服よりも、ずっと高価なものだ。耳にも左手の薬指にも、厭味にならない程度のジュエリーが光っている。人はすぐ自分の幸せを見失うというが、本当にそうだ。朱里は敏行というパートナーに出会い、娘にも恵まれ、高級住宅街の新築マンションで何不自由ない暮らしを送っている。自分は幸せなのだと、改めて思う。

それに比べて、目の前にいる真琴はどうだ。背中を丸めてエビフライにがっつく様子を眺めていると、不快感や恐れは消え、いたわりの気持ちが押し寄せる。

真琴が着ているスウェットには、高校時代に流行ったアメカジブランドのロゴマークがプリントされている。十代の頃ならいざ知らず、今の真琴にはそぐわない。肩までのおかっぱ頭も、工作バサミで適当に切ったように不揃いだ。

親の介護というものは、ここまで人間を荒《すさ》ませてしまうのだろうか。

「……ねぇ、お父さん、亡くなったんだって？」

自分でも意外なほど優しい声が出た。真琴の眉が、ぴくりと動く。ロールパンにバターを塗りつけながら「去年ね。ご愁傷様とか、つまんないこと言わないでね」と乾いた声で言う。

「ジジイの介護を兄貴に押し付けられて、最初はどうなることかと思ったけどさ。案外あっさり終わって、拍子抜けしてるよ」

「お兄さんに言われて、仕事を辞めたの？」

「そ。兄貴は介護なんてできないし、自分の嫁にもやらせたくないから、妹の私に丸投げってわけ。金だけは出してくれてたから、助かったけどね」

「だからって、妹に無理矢理仕事を辞めさせるなんて――」

真琴達兄妹は、ふたりとも偏差値の高い名門高校に進学し、難関国立大学を卒業したあと、それぞれ一流企業に就職している。兄の勤め先までは知らないが、真琴は、誰もが名を知る家電メーカーで働いていたはずだ。

「仕方ないじゃん、どこの介護施設に入れたって、うちでは預かれませんって帰されちゃうんだから。私だって他人だったら、あんな暴力ジジイの世話なんかごめんだよ」

真琴はバターナイフを皿に置くと、上目遣いに朱里を見つめた。

「あーちゃん、うちの家庭の事情にまで首を突っ込んでくれるなんて、随分お優しいんだね。でも、私の心配なんかしてる場合？」

「……どういう意味？」

歌うように言う真琴に、眉をひそめる。ホットチョコレートが熱過ぎたせいか、今頃になって舌がヒリヒリした。

「あーちゃんママの声、丸聞こえだって言ったじゃない。しょっちゅう電話で、いろんな人に愚痴ってるよ。娘も孫も全然実家に寄りつかないって。旦那さんも、一度も団地に来たことがないんだってね。そりゃそうだよね、嘘がバレたら困るもんね。でも、大病院の看護師長はともかく、女手ひとつであーちゃんを育ててくれた、っていうのは間違いじゃないんじゃない？　男の出入りは相当激しかったけどねー」

啞然とする朱里の前で、真琴は素早い手つきでスマートフォンをいじる。身なりはボロボロのくせに、スマートフォンだけは最新機種なのが不気味だ。

「あーちゃん、マンションは二子玉《ニコタマ》で、今の名字は近森だよね。結婚前は大松《だいまつ》百貨店で働いてて、職場恋愛だったっけ？　ね、この人じゃない？」

スマートフォンの画面には、敏行のSNSアカウントが表示されていた。近森敏行、と実名で登録されている。仕事用に使っているのは知っていたが、朱里は一度も覗いたことがない。

「ふーん、年下なんだ。『大松百貨店外商部所属。家では姫（2）と女王（非公表）のしもべです……笑』だって。おっさんくさい文章だなぁ。私も前の会社で作ったアカウントがあるから、友達申請しちゃおうかな。幼馴染としては、昔の思い出話とか、いろいろ教えてあげたいし。ね、ウソツキあーちゃん」

「やめてよっ！」

精一杯鋭い声を出そうとしたが、朱里の声は、ただみっともなく裏返っただけだった。

真琴は無表情で朱里を見つめていたが、やがて、テーブルの向こうからすっと手を伸ばした。

「あーちゃん、すっかり変わっちゃったね」

逃げ出したいと思うのに、蛇に睨まれた蛙のように身動きできない。

「お肌も髪の毛も、つやっつや。お手入れ頑張ってるんだね」

思わず悲鳴が洩れる。真琴が朱里の髪を指に絡め、ぐんと自分の方に引っ張ったのだ。

「だけど、そのピアスも指輪も、高価《たか》そうなコートも、全然似合ってないよ。私が昔のあーちゃんを、思い出させてあげようか？」

真琴はコンソメスープが入ったカップを摑むと、朱里の頭上に高々と掲げた。咄嗟に身を縮める朱里を見て、けたけたと笑う。

「バッカだなあ、ほんとにやるわけないじゃん。私達、もう高校生じゃないんだよ？　あのときは、ミルクティーだったよね。あーちゃん、ミルクティーが大好きだったもんね」

夕暮れの屋上と、髪の毛から制服に滴り落ちるミルクティー。茜色に染まった真琴の顔。

――あんたは私の言いなりになってればいいんだよっ。いじめられるのが好きなら、今日から私がいじめてやろうか！

「ねっ、あーちゃん。せっかく久しぶりに会えたんだから、また仲良くしようよ」

ねっとりとした囁きが耳にねじこまれる。動揺をおさえながら朱里は、再び自分のホットチョコレートに口をつける。そうでもしないと、唇の震えを真琴に気付かれてしまいそうだった。


「なんで私が、こんなことを、しなくちゃいけないのよっ」

ひと言ひと言吐き捨てながら、古い和式便器にトイレブラシを擦りつける。力が入り過ぎたせいか、便器に溜まった水がひとつぶ、朱里の額に跳ねた。もう二時間以上、黴だらけの風呂場や髪の毛が詰まった排水口を掃除してきたせいで、悲鳴を上げる気力もない。掃除が終わったらすぐに風呂場に直行しよう、それまでの辛抱だと、自分に言い聞かせる。

どんなに力いっぱい磨いても、便器にこびりついた尿石も、タイルの隙間に根付いた黒黴も、完全には取り除けない。それでも右腕全体の感覚がなくなる頃には、公衆便所のような悪臭は消えていた。

インターホンの音がし、朱里はゴム手袋を着けたまま、トイレのドアの陰から首を伸ばす。換気のために開けっ放しにした玄関から、母と華が顔を覗かせていた。

「どう、お掃除は順調？」

こんなところに華を連れてこないで欲しい。昼寝から目覚めたらしい華は、母と手を繋ぎ、物に溢れた部屋を珍しげに眺めている。

「おばさん、すみません。あーちゃんをお借りしちゃって」

居間から出てきた真琴が、へらへらと笑う。

「いいのよ、うちの朱里なら、好きに使ってやってちょうだい。この子、お掃除が大好きみたいだからねー」

昨日は真琴にかかわるな、と言っていたくせに、随分な言い草だ。どうやら昨夜朱里が家の風呂場を掃除したことが気に食わないらしい。浴槽や蛇口、壁にこびりついた汚れを必死に磨き上げたのに、感謝どころか当て擦りを言われるのは心外だ。

真琴が朱里を訪ねてきたのは、ちょうど朝食の後片付けを終えたときだった。部屋の掃除を手伝って欲しい、という真琴に、初めは母も、胡散《うさん》臭そうに眉をひそめた。

『えー、でも、うちの子なんか、役に立つかしら……聞かない盛りの子供だっているし……』

『毎日、ほんの少しの時間だけでもいいんです。あーちゃんに助けてもらいたくて……』

真琴は顔を俯けると、うっ、とわざとらしく声を詰まらせた。

『私、父が亡くなってからずっと、何もする気が起きなくて……毎日ご飯を食べるのも、お風呂に入るのすら億劫だったんです。だけど昨日、久しぶりにあーちゃんの顔を見たら、ああ、このままじゃだめだって、正気に戻って……』

母の数少ない長所であり弱点は、情に脆《もろ》いところだ。すぐに『まぁ』と真琴の手を握り、『私こそ、今までごめんね。マコちゃんのことはずっと気に掛かっていたんだけど、毎日自分のことで精一杯で、何も助けてあげられなくて……』と目を潤ませ、今に至る。

「あんた、しっかりマコちゃんを手伝いなさいよ。私はこれから、華ちゃんをお散歩に連れて行くから」

「そんな、お母さんだって骨折してるのに、もし何かあったらどうするのよ」

「ちょっと近所を歩くだけよ。あんた達、全然帰って来ないんだから、たまには孫を見せびらかさせてよ」

「絶対に華の手を放さないでよ？　一瞬目を離しただけで、すぐにどこかに行っちゃうんだから！　敏行さんだって、今まで何回も迷子にさせかけて……」

「うるさいわねっ、あんた、いちいち神経質なのよ！」

乱暴に玄関のドアが閉まる。憮然とする朱里の横で、真琴はいぶかしげに首を傾げた。

「あーちゃん、おばさんと険悪なの？」

「別に。ちょっと風呂場の掃除をしたら、不機嫌になっただけ」

「なるほどねー、プライドが傷ついたんじゃない？　自分が不潔だって責められてる気分になったんだよ。親子とはいえ、その辺は気を付けないと。あーちゃん、ママ友とのお付き合いで、そういう機微を勉強しなかったの？　案外ハブられてたりして」

したり顔で言う真琴に腹が立つ。なにがママ友付き合いだ、何も知らないくせに。

「ま、親の家の断捨離《だんしやり》は、死んだ後に限るよ。いろいろ面倒もないし」

真琴は鼻歌まじりに、もといた居間へと戻ってゆく。今日の真琴は、胸に『石原』と刺繍が入った体操服を着ている。中学時代のジャージだ。

野暮ったい緑色の背中を睨み、一体何が目的だ、と心の中で問いかける。ファミレスで脅しめいたことを言われたときは慌てたが、落ち着いて考えてみると、過剰に反応し過ぎたかもしれない。真琴がわざわざ敏行に接触したところで、敏行が真に受けるとも思えないし、真琴にしたって、何のメリットもない。

朱里も洗面所で手を洗い、真琴の後に続く。台所と申し訳程度のダイニングの奥に、八畳の洋室と和室がひとつずつ。間取りは朱里の実家と同じなのに、驚くほど狭い。居間の中央には、どっしりとした猫足のテーブルと、揃いの椅子が四脚置かれている。きっと高価なものなのだろう。寝室にも、安っぽいハンガーラックなどではなく、金具の取っ手が付いた桐《きり》の箪笥《たんす》が並んでいる。壁に掛けられたいくつもの額縁には、真琴や真琴の兄の名前が入った賞状が飾られていた。

この息苦しい部屋で、四人もの人間が、ひしめき合うように暮らしていたのだ。しかもそれが、自分の実家と壁を一枚隔てただけの場所だと思うと、すっと背筋が寒くなる。

真琴たち一家は、この団地にとっては掃き溜めに鶴《つる》だった。父親は東京のメガバンクで支店長を務めるほどの人物だったという。派閥争いに巻き込まれて子会社に出向になり、その後銀行から転籍したもののすぐに退職、それから職を転々とし、この団地に引っ越してきたのだ。家具は全て、元の家から運び込んだものらしい。

床を埋め尽くす衣類や雑誌、ペットボトルなどを踏んづけて歩きながら、真琴も眉をひそめる。

「ほんと、無駄にデカくて邪魔くさい家具だよね。いっそ全部、処分しちゃおうかな」

「出張買取に頼んだら来てもらえると思うけど……お兄さんに、確認を取らなくてもいいの？」

「いいよいいよ、あんな奴。先に捨てられたのはこっちだし」

怪訝な顔をする朱里に、「なんか私、兄貴に仕送りを打ち切られそうなんだよね」と、こともなげに言う。

「子供を作るんだって。不妊治療ってめちゃくちゃお金と時間がかかるし、嫁も仕事を辞めるつもりだから、もう私に仕送りするのは厳しいんだって。なるべく早く仕事を探してくれって言われてるんだよね。ま、嫁に言わされてるんだろうけど」

「そんな……じゃあこれから、どうするの？」

「わかんない。ギリギリまで脛を齧り倒して、兄貴がもう勘弁してくれって泣きを入れてきたら考えるよ」

真琴は、床に落ちていた写真立てを拾い上げた。埃は被っていたが、紙粘土で手作りされた、可愛らしいものだ。朱里にも見覚えがあるので、学校の工作の時間にでも作ったものかもしれない。真琴はしばらく写真を見つめていた。顔立ちの似た少年と少女が、仏頂面で写っている。

「父親の介護のために私に仕事を辞めさせたくせに、自分達は何も諦めたくないんだよねー。クソ夫婦が」

朱里は咄嗟に身を縮めた。真琴が、写真立てを床に叩きつけたのだ。意外に丈夫な粘土細工を、何度何度も、執拗《しつよう》に足で踏みつける。

「……ほんと、死ねばいいのに」

ぞっとするほど禍々《まがまが》しい声だった。

朱里の頭に『幸せそうな顔をした奴が憎かった』という、週刊誌の言葉がよぎる。

とりあえず数日は、真琴に逆らわずに様子を見た方がいいかもしれない。朱里は真琴に背を向け、床に散乱した葉書や公共料金の封筒を掻き集めた。何かを踏んだ気がして足許を見ると、害虫駆除用の粘着シートが足の裏にへばりついていた。ろくに組み立てずに放置していたのか、粘着面が剝き出しになっている。シートの端には、しっかりと例の虫が貼りついていた。

「あー、そこにあったんだ。よかった、ちゃんと捕まえてるじゃん。優秀、優秀」

悲鳴を上げる朱里の足許にしゃがみ込み、真琴は満足げに呟いた。


耳の奥を、さざ波のような笑い声がくすぐる。朱里は、似たり寄ったりの紺色の服を着た女達に取り囲まれていた。女達は皆、腕に大きな人形を抱えている。綺麗な服を着せられた人形は、本物の子供のように愛くるしい。朱里の腕の中では、華がいつものようにわんわんと泣きわめいている。小さな頭を左右に振りながら上半身を仰《の》け反《ぞ》らし、全身で朱里を拒絶する。

『華ちゃん、ほら泣かないで。お名前はなんですかって、先生が訊いてるでしょう。おうちで練習したよね、ちかもりはなでです、もうすぐさんさいです、って言ってごらん』

泣き叫ぶ華の耳には届かないとわかっていて、朱里は声を張り上げる。鼻の頭やこめかみに滲む汗が、丹念に施したナチュラルメイクを溶かしてゆく。紺色のワンピースの胸許は、華の涙と鼻水でぐしょぐしょになっている。

そんな朱里の前に、スーツ姿の年配の男が進み出る。ああ、この顔は覚えている。幼稚園の入園試験の面接官だ。

『やっぱり、蛙の子は蛙ね』

上品に微笑みながら、男が囁く。酒焼けしたようなしゃがれ声は、母のものだ。男の口から、まるで腹話術のように、母の声が聞こえる。鳥肌が立った。

男は踵《きびす》を返し、ぼんやりと光の差す方へ歩いてゆく。人形を抱いた女達も一緒だ。朱里も後へ続こうとするのに、ぬかるみに足がとられたように動かない。

『待って、どうして私だけ――――！　違うの、この子じゃない！　交換して、交換して、交換して!!』

はっとして顔を上げる。状況が理解できず、朱里はしばらく、ぼんやりと空《くう》を見つめていた。掃き出し窓から差す光が、ふわふわと舞う埃をきらめかせている。朝食の後片付けを済ませてから、ほんの一瞬だけ休むつもりで、そのまま眠ってしまったらしい。

炬燵から這い出し、温まり過ぎた膝を両腕で抱える。もう何度同じ夢を見たかわからない。夢の中で叫んだおぞましい言葉の余韻が、まだ喉の奥に引っ掛かっている。

あれが自分の本音なのだろうか。だとしたら、最低な母親だ。

掃き出し窓を開けてベランダに出ると、母と華が公園にいるのが見える。華は小さな砂場に座り込み、ワンピースを泥まみれにして遊んでいた。

ふっと気配を感じて横を見ると、隣のベランダに真琴が立っていた。薄っぺらい仕切り板は劣化がひどく、かろうじて枠だけが残っている。真琴も布団から這い出してきたところなのか、Tシャツにジャージという寒々しい恰好で、頭に寝癖をつけている。

「あーちゃん、顔色悪いけど、どうかした？」

寝起きの真琴は、表情が弛緩《しかん》しているためか、いつもの禍々しい雰囲気が消えている。

「ちょっと、変な夢を見て驚いただけ」

「ふーん。煙草、持ってる？」

もはや図々しいと思う気力もない。ポケットの中のシガレットケースとライターを差し出す。

真琴は慣れた手つきで火を点けると、ベランダの手摺にもたれかかった。

「昨日は、久しぶりに体を動かしたせいか目が冴《さ》えちゃってさ。夜中、あーちゃんの旦那のSNSの投稿、全部見ちゃった」

「やめてよ……」

「なんか、別世界の人だよね。あーちゃんの旦那とは思えないというか。本当に、あの人と一緒に暮らしてるの？」

「どういう意味よ」

てっきり更に腹が立つような返しをされると思ったのに、真琴はただ肩をすくめただけだった。

「あーちゃんは、何で旦那に嘘をついてるの？」

「……別に。本当のことを言うタイミングを、逃しただけ」

初めは、軽い気持ちでついた嘘だった。まだ敏行と出会ったばかりの頃、仕事仲間としての雑談のなかで、母子家庭で親は夜に不在なことが多くて——というようなことを話した。夜勤が多いなら看護師さん？　と敏行に訊かれ、まあそんなところ、と適当に流したのだ。職場の人間に、母親が場末のスナック勤めで男を取っかえ引っかえしていたなんて、わざわざ話す必要がないと思った。

付き合い出してまもなく華を授かり、結婚の挨拶のために敏行の実家を訪ねたとき、自分の実家とのあまりの違いに驚いた。敏行の母に、『古い考えかもしれないけど、授かり婚と聞いたときは、ちょっぴり不安だったの。でも朱里さんに会って、ほっとしたわ。やっぱり、しっかりしたお母様に育てられたからかしら』と言われたとき、朱里は、もう本当のことなど打ち明けられないと思った。

「ま、気持ちはわかるけどねー。私だって、こんな気合が入ったボロ団地育ちなんて、誰にも知られたくなかったもん。学校の友達とか、絶対に家に呼びたくなかったし」

真琴は煙草の煙を吐き出すと、手摺から身を乗り出すようにして、公園にいる華を見下ろした。

「あの子、昔のあーちゃんにそっくりだよね。いくつ？」

「もうすぐ三歳だけど」

「じゃあ春から幼稚園か」

「三歳から幼稚園に通う子もいれば、四歳からの子だっているでしょう」

声を尖らせる朱里に、真琴は怪訝そうに眉をひそめる。

「ちょっと訊いただけじゃん。人んちの子のことなんか、そんなに興味ないよ」

「何をそんなにカリカリしてるの？」

先月、華は第一志望の私立幼稚園の入試に落ちた。面接試験は設けられているものの、定期的に開かれるプレ保育――体験入園のようなものに参加しさえすれば、よほどのことがない限り合格する、という噂だった。実際、プレ保育に通っていた十二人の中で、入園試験に落ちたのは、華ともうひとりの男児だけだった。

確かに華は面接試験でも落ち着きがなく、椅子から下り、部屋の隅に置かれた玩具で遊びたいと駄々をこねた。制止する朱里の手を撥《は》ね除《の》け、わんわんと泣いた。何度も練習した、『ちかもりはなです、もうすぐさんさいです』を披露するどころではなかった。両親の面接でも、華の泣き声のせいで面接官の声が聞き取れず、夫は何度も質問を訊き返したし、朱里も華を宥めるのに必死で、ろくな回答ができなかった。それでも面接官は、『お母さんにべったりで離れないお子さんがいるなかで、こうして元気に動きたがるのは、母子分離ができている証拠ですね』と言ってくれたのだ。

だから余計に、不合格の通知を受け取った瞬間は、血の気が引いた。自分と華の額に、不合格のスタンプを押された気分だった。

夫の敏行は能天気に、『結局、合う合わないの問題だからさ。これからじっくり、華が楽しく通える幼稚園を探していけばいいじゃない』などと言っていたが、朱里には、すぐに気持ちを切り替えることができなかった。いつまでも塞ぎ込む朱里を、敏行は最近、あからさまに持て余している。しきりに帰省を勧めたのも、そういうことだ。

砂場で泥まみれになって遊ぶ華を、ぼんやりと見つめる。公園の入り口から、同じくらいの年齢の男児が、父親に手を引かれて歩いて来る。華に興味があるものの、内気な性格なのか、自分からは近づけないようだ。「おっ、お仲間」と、真琴も目ざとく呟く。

先に動いたのは華だった。砂場から飛び出し、父親のジーンズにしがみつく男児に向かってゆく。朱里が、あ、と思ったときにはもう、華の泥だらけの手が男児の服を摑んでいた。ベンチに座っていた母が、あらやだーすみませーん、とやる気のない謝罪をしながら駆け寄る。

「なんかさー、子供の頃の私たちみたいじゃない？」

ひひっと真琴が笑う。

「忘れたよ、そんな昔のこと」

素っ気なく返しながらも、幼い頃に真琴と砂場で遊んだ日のことを、思い出さずにはいられなかった。

「やっぱりこの煙草、まずいからいらない」

真琴は顔をしかめ、吸いさしの煙草を朱里に押し付ける。

「あーちゃん、疲れてるみたいだから、今日は片付けの手伝いはいいよ」

「……やりかけだと気になるし、あとで行く」

真琴は意外そうに目をしばたたかせ、部屋に戻っていった。口許がかすかに微笑んでいた。

朱里はひとりベランダに残り、真琴が残した煙草に口をつける。ファミレスで料理をシェアしよう、といわれたときはぞっとしたのに、便所掃除まで手伝わされたあとだからか、もう抵抗感はなかった。

澄んだ冬空の下では、華と見知らぬ男児が、きゃっきゃと声をあげ泥遊びを始めている。


出張買取業者が不用品を運び出してしまうと、真琴の部屋はほとんど空っぽになった。古びた畳やフローリングは、家具が置かれていた場所だけが新品同然で、まるで部屋のあちこちに、色の違う布で継ぎを当てたようになった。

「これが一番、高く売れると思ったのになー」

高校の制服を吊るしたハンガーを掲げ、真琴が不服そうに呟く。丸襟の白いブラウスとチャコールグレイのジャンパースカートがセットになった、クラシカルなデザインのものだ。

「仕方ないでしょ、一昨年制服がリニューアルされて、買い手がつきそうにないって言ってたじゃない」

「高校生には売れなくても、マニアには売れるんじゃない」

「やめてよ、子供の前で！」

華は、居間の隅に積んだ段ボール箱の中を覗き込んでいる。買い手がつきそうもない不用品は、全てそこに放り込んだ。

高級家具のほか、押し入れに仕舞い込まれていた食器などにも高値が付いたため、真琴は出前で特上寿司を頼んだ。床に直置きした寿司桶《おけ》を、母と華と共に囲んだ。

その夜の真琴は、痛々しいほどにはしゃいでいた。上機嫌でビールを空け、途中高校時代の制服に着替えては、「見て見て、まだ着られるんだよー」とおどけた。まだ、というより、むしろぶかぶかだった。膝丈のスカートから覗く枯れ枝のような脚に、朱里も母も、反応に困った。

真琴がスカートを翻してくるくる回ると、華も立ち上がり、きゃっきゃと声を上げて真似をした。微笑ましい光景のはずなのに、朱里はなぜか落ち着かない気分にさせられた。

「しかし、本当にスッキリしたなー。あーちゃん、手伝ってくれて、ありがとね。こっちには、いつまでいるの？」

「明日の夕方には帰ろうと思ってるけど」

「そっか。じゃあ、もうお別れだね」

何でもないはずの言葉が不吉に響く。母も同じように感じたのか、真琴と別れて部屋に戻るや否や、「マコちゃん、大丈夫かしら」と興奮気味に囁く。

「あんながらんどうの部屋に、ひとりで置いてきちゃって、平気かしら。変な気を起こさなきゃいいけど」

「変な気って、何が」

「あんた昔、小学校の帰りに、マコちゃんと一緒に死にかけのインコを拾って帰ってきたことがあったじゃない？　私が捨ててきなさいって言ったのに、ふたりでタオルとかカイロで温めたりしてさ。あの鳥、ずっと目を閉じて動かなかったのに、一瞬だけパチッと目を開けて、羽を動かしたじゃない。あーよかった、と思った瞬間、コロッと逝っちゃって。今日のマコちゃんを見てたら、なんだか、あのときのことを思い出しちゃったのよねぇ」

そうだ、ちょうど今頃の寒い季節だった。凍えながら最後の力をふりしぼって羽ばたいたインコと、空っぽの部屋で制服のスカートをひらめかせていた真琴の笑顔が重なる。

「なんだか私達、かえって残酷なことをしちゃったかしら。そもそも今までずっと引き籠ってたのに、あんたが帰ってくるなり断捨離なんて、不吉じゃない？　幼馴染のあんたが、自分とは正反対に幸せになった姿を見て、悪い意味で背中を押されちゃってたら、どうする？」

「お母さん、週刊誌の読み過ぎ」

呆れた声を出そうとしたが、上手くいかなかった。

華は玄関の三和土にしゃがみ込み、真琴の部屋から持ち帰った紙袋を漁《あさ》っている。古びたぬいぐるみに絵本、短くなった色鉛筆。華が、欲しいとぐずって聞かなかったのだ。

華は使いかけのノートを引っ張り出すと、小さな手でページをめくる。

「やだ、朱里、これ――！」

母が悲鳴を上げる。ところどころ破れたページには、太いマジックで、『死ね』という文字が無数に書き殴られていた。

薄暗い寝室で、朱里は布団に横たわり耳を澄ましていた。華の小さな寝息に、母のいびきと歯ぎしりが重なる。やがて、キイ、と小さな音がした。鋭利な爪の先で壁を引っ掻くような音は、細く長く伸び、やがて消えた。

寝間着にコートを羽織り、家を出る。屋上へと続く狭く急な階段から、時々、ぱたん、ぱたん、と音がする。ビーチサンダルが、裸足の足裏にぶつかる音だ。朱里は息を殺し、足音を追った。

屋上への出入り口には、申し訳程度にチェーンが張られ、『立ち入り禁止』と書かれた札がぶら下がっている。大人の肩の高さ程度のフェンスの向こうに、人影が見える。こちらに背を向け、屋上のへりに腰を掛けている。制服姿の真琴だ。朱里が声を掛ける前に、肩越しにこちらを振り返る。

「あれ、何してるの、こんなところで」

「……こっちの台詞だよ」

「いい眺めだなー、と思って、一杯やってただけだよ。すごいよね、未だに屋上に鍵が掛かってないって、防犯ガバガバ」

真琴は手にした缶チューハイを高く掲げる。強い風が吹き、チャコールグレイのジャンパースカートが大きくふくらむ。枯れ枝のような真琴の体は、そのまま夜空に攫《さら》われてしまいそうだった。

「飲むなら、部屋で飲めばいいでしょ。せっかく綺麗にしたんだから」

「やだ。こっちの方が気持ちいいもん。あーちゃんは、そっちにいたらいいじゃん」

子供じみた口調で言い、ビーチサンダルを履いた足を交互に揺らす。こっち、そっち、という言葉が、不気味な質感を持って朱里の耳を撫でる。

「……ねぇ、真琴。私、帰って来なきゃよかったね。私のせいで真琴はまた、こんな馬鹿なことをしようと思ったんだよね」

朱里の震える呟きに、真琴は不思議そうに首を傾げる。目をしばたたかせ、フェンス越しに、じっと朱里を見つめる。

「ねぇ、どういうつもり？　私に見届けて欲しいの？　それとも、止めて欲しいの？」

「……え？　待って待って、もしかしてあーちゃん、私がここから飛び降りようとしてるとか、思ってる？　あーちゃんママがさっき言ってたみたいに、私が、あーちゃんの幸せそうな姿を見て、絶望したって？」

真琴はしばらく朱里を見つめていたが、やがて、細い喉を反らして笑い出した。目に涙を浮かべ、体を二つ折りにして笑い転げる。

「あーちゃん私、今、めちゃくちゃ楽しいよ。毎日親父の介護をしていたときは、いつか生まれ変わったら、言いたいこと言って、やりたいようにするって決めてたんだ。でも別に、死ぬまで待つ必要ないなって思って」

真琴はフェンスをよじ登ると、立ちすくむ朱里の前に、軽やかに着地する。

「逆にこっちが訊きたいよ。ねぇ、どういうつもり？　その前にまず、あんた誰？　あーちゃんじゃないよね。なんであーちゃんのふりをして帰ってきたの？」

　真琴の目は、もう笑っていなかった。わけのわからないことを言いながら、危うい足取りでにじり寄ってくる。

「あーちゃんが帰ってきた日、私、目を疑ったよ。綺麗な恰好をしただけの、疲れたオバサンなんだもん。なんでそんなふうになっちゃったの？」

　そんなふうになっちゃったのはどっちだ、と思っているのに、言葉が喉の奥に引っかかって、上手く吐き出せない。

「今のあーちゃん、相当痛々しいよ。自分のこと、本当に幸せだと思ってる？　あんな旦那で、本当に満足？　ＳＮＳの投稿を見たけど、姫と女王のしもべとか言ってるくせに、投稿内容は独身男と一緒じゃん。仕事が終わったあとは小洒落《こじゃれ》た店で同僚と一杯やって、週二でフットサル、休日は大学時代の仲間とバーベキュー？　いい気なもんだよね。あーちゃんが、こんなにボロボロになってるのに、全然気付いてないじゃん。あいつ、今まで一回でも、華ちゃんのぐずりに付き合ったことある？　姫が可愛い、とか呑気に投稿してるけど、可愛くないと思うほどのこと、されてないんじゃない？　完全に他人事《ひとごと》じゃん」

　ベランダで真琴と話した日のことを思い出す。

　――なんか、別世界の人だよね。あーちゃんの旦那とは思えないというか。本当に、あの人と一緒に暮らしてるの？

「ねぇ、なんでそんなに旦那を甘やかすの？　年下だから？　実家が太いから？　嘘をついてる罪悪感？　そもそもあーちゃん、今、華ちゃんのことを可愛いと思えてる？　せっかくセレブな奥様を気取って生きていこうと思ったのに、あの子に自分の化けの皮を剝がされそうで、毎日ひやひやしながら暮らしてるんじゃないの？　だってあの子、昔のあーちゃんに、そっくりだもん。あんたが嘘をついて、必死に消そうとしてるあーちゃんに、そっくりだよ」

真琴が飲みかけの缶チューハイを高く掲げる。安っぽいレモンの香りと共に、冷たい滴が朱里の髪を濡らす。

「いい加減、目を覚ましなよ」

放り投げられた空き缶が、夜の風に攫われ耳障りな音をたてて転がってゆく。呆然と立ち尽くす朱里に、真琴はわざとらしく溜息をついた。

「ここまでされても、まだ怒らないんだ……。せっかく私が、昔のあーちゃんに戻してあげようと思って、子供から離れるきっかけを作ってあげたのに。そう簡単には戻らないか。なんかもう、めんどくさくなっちゃったなー」

この女は一体、何を言っているのだろう。

五日間、へとへとになるまで人をこき使って、汚れた便所や排水口まで掃除をさせておいて、それを全部朱里のためにさせてあげた、と言っているのか。これほどまでに人に頼り切りで、なぜ臆面もなく、恩着せがましいことを言えるのか。

「あーちゃん、可哀想」

朱里は手のひらで目許を拭い、瞼をこじ開けた。憐《あわ》れむようなまなざしが、朱里を見下ろしている。

ああ、本気だ。この女は、本気で自分を憐れんでいるのだ。

こんな女に、自分は憐れまれているのだ。

その瞬間、カッと腹の奥が熱くなる。言葉が出るよりも早く、自分の右手が、ひゅっと空を切る音が聞こえた。

『ねぇ、何やってんの』

丸襟の白いブラウスが、茜色に染まっていた。気味が悪いくらい真っ赤な夕焼けだった。朱里の呼びかけに、屋上のフェンスによじ登ろうとしていた真琴が振り返る。ふっくらとした頬には、乾いた涙の跡がついていた。チャコールグレイのスカートには、靴で踏みつけられたような痕がある。

真琴に話しかけるのは久しぶりだった。認めたくはないが、少し緊張した。耳に突っ込んでいたイヤフォンを外し、ペットボトルのミルクティーに口をつける。強い風が朱里の短いスカートを乱し、日に焼けた腿をあらわにする。

真琴はフェンスにしがみついたまま、怯えたように朱里を見つめていた。真琴の足許にはノートが放られている。吹き続ける風が、パラパラ漫画のようにせわしなくページをめくる。朱里は思わず鼻を鳴らした。

『何だこれ。ウケるんだけど』

几帳面《きちようめん》な文字で埋められたページは、ところどころ破かれ、何人かの筆跡で、ありきたりな言葉が上書きされていた。

『あんたの学校、偏差値が高いわりに、みんな語彙力が低いんだね。死ね以外の言葉、知らないのかな』

真琴は涙をためて朱里を見つめていた。無性に腹が立った。気が付いたときにはもう、真琴のジャンパースカートの襟首を摑み、力任せに床に引き倒していた。馬乗りになり、飲みかけのペットボトルのミルクティーを、真琴の泣き顔にぶちまける。

『あんた、死ねって言われたら死ぬの？　いじめっ子のいうことなら、何でも聞くのかよ！』

『ごめんなさい、ごめんなさい、あーちゃん、怒らないで……』

『あんたさ、ほんとはいじめられるのが好きなんでしょ？　いっつもビクビクおどおどして、鬱陶しいんだよ！』

昔から朱里は、真琴のことが嫌いだった。上目遣いに人の顔色を窺い、いつも朱里に助けを求めるところに、うんざりしていた。なのに、真琴が他の奴らに踏みにじられるのは、許せなかった。腸《はらわた》が煮えくり返りそうだった。

『あんたは私の言いなりになってればいいんだよっ。いじめられるのが好きなら、今日から私がいじめてやろうか！　他の奴の命令なんか聞いたら、ぶん殴るからなっ』

昔からそうだ。真琴といると、憎たらしさと気色悪さと羨望と優越感、劣等感、いくつもの感情が胸の奥で渦巻き、息が詰まる。どろどろのホットチョコレートを飲み込んだときのように、舌や喉やその奥が、いつまでもしつこくヒリヒリと疼く。

「しっかしさー、育児って恐ろしいね」

農道の路肩に停めたレンタカーに寄りかかりながら、真琴が言う。

「高校時代は無敵の鬼ギャルだったあーちゃんが、どこにでもいる冴えないオバサンに変わっちゃうんだから」

「あんた、まだ殴られ足りないの？」

朱里は、母から借りた偽物のシャネルのサングラスを指先でずらした。隣に立つ真琴をじろりと睨む。ひひ、と嬉しそうに笑う真琴の頬は、痛々しく腫れあがっている。少しやり過ぎたかもしれない。だが朱里にしたって、昨夜真琴に思い切り嚙みつかれた手の甲が痛む。サングラスで隠してはいるが、右目の上にも赤紫色の痣ができている。

「あーちゃん、人間を手っ取り早く洗脳する方法、知ってる？」

「知るわけないでしょ」

「とにかく寝かさないんだって。極度の睡眠不足に陥らせることで、人間って簡単に壊れちゃうらしいよ。育児も一緒じゃない？　夜泣きで睡眠不足の母親に、赤ちゃんを守れるのはあなただけ、子供には惜しみない愛情を、可愛い我が子を育てることが女の幸せ、って、あちこちから情報を流し込んでさ。私からしたら、カルト宗教と一緒だよ」

朱里は無言のまま、煙草に火を点ける。知ったふうなことを、と苛立ちながら、それでも、華を産んでからの様々な出来事が頭をよぎる。

——朱里が、寝てくれ寝てくれって思いながら惰性であやすから、逆に寝ないいんじゃないの？

——こんなに寒いのに、靴下も穿かせず裸足のまま？　昔の育児とはやり方が違うのかもしれないけど……なんだか、可哀想ねぇ。

——紙おむつなんて親の手抜きだよ。布おむつの方が肌に優しいし、おむつが外れるのだって、ずっと早いんだから！

——少し言葉が遅いようですね。お母さん、ちゃんと話しかけてあげてます？

夫の、夫の母の、公園で話しかけてきた見知らぬ老婆の、健診で担当だった若い医者の言葉や目つきに、いつも責められているような気分になった。華が何かしでかすたびに、やめてよ、そんなことをしたら私が、いいお母さんじゃないことがバレちゃうじゃない、とカッとなった。

決定的だったのは、産後初めて華と一緒に電車に乗ったときのことだ。泣き止まない華を抱き上げ必死にあやしていると、見知らぬ男にベビーカーの車輪を蹴飛ばされた。

『うるせえなあ、さっさと泣き止ませろよ、あんた、母親だろ!?』

目を剝いて凄まれ、身の危険を感じた。震えながら華を抱きしめ、すみませんすみませんと呟きながら、もう二度と昔の自分には戻れない、と思った。気に入らない人間には誰彼かまわず嚙みついていた、怖いものなしだった頃の自分には。

「ママー！」

農道の向こう、バス停の待合所にある自動販売機の前で、華が朱里を呼ぶ。どうしてもジュースが飲みたい、車から降りる、と泣きぐずる華に、今日はそれほど苛立たなかった。オレンジジュースのペットボトルを抱えて駆けてくる姿を、可愛いとさえ思う。華のあとから走ってきた母が、朱里と真琴を見て、今日何度目かの溜息をつく。

「やっぱりあんた達、信じられないわ。いい大人が取っ組み合いの喧嘩なんて、中学生じゃあるまいし」

「お母さん、しつこい。自分だって、思春期の娘の前でしょっちゅう彼氏と流血沙汰の喧嘩をしてたじゃない」

いい加減鬱陶しくなって言い返すと、母は目を見開き、「やめてよ孫の前で！」と金切り声をあげた。

華をチャイルドシートに乗せ、再び車を走らせる。トランクに詰め込んだ不用品を清掃工場に置いてきたからか、車体が軽い。運転席の窓を開けると、まだじんじんと疼く瞼の痣を、冷たい風が撫でる。助手席の真琴も窓から顔を出し、「あー、気持ちいい」と叫んでいる。

「ねぇマコちゃん、昨日はすっかりご馳走《ちそう》になっちゃったから、今日は朱里にお返しさせてよ。よかったら、うちでピザでもとらない？」

後部座席に座る母の提案に、華も「ぴざ！」と舌ったらずな歓声をあげる。だが真琴はあっさりと「あーすみません、私、今夜は用事があるんですよね」と言う。

「今日、高校時代の同級生が、恵比寿のレストランでパーティーをするらしくて」

「あらー、いいじゃない。高校時代のお友達と、まだお付き合いがあったのね」

「あ、友達じゃないです。別に招待されてないけど、SNSで、集まりがあることを知ったんで」

「何それ、大丈夫なの？」

眉をひそめる朱里に、真琴は、にっと歯を見せて笑う。

「あーちゃんの旦那のSNSがあっさり見つかったから、他の奴らも探してみたら、簡単にヒットしちゃってさ。あいつらだよ、あいつら。死ね死ね軍団。ベビーシャワーとかいって、いいお母さんぶっちゃって、ウケるよね。あいつらの集いに乗り込んで、今の私を見せつけて、昔の自分達の悪事を思い出させてやろうと思って」

にやにやと笑う真琴に、朱里も母も、啞然とするばかりである。

「マコちゃん、あのね、人を呪わば穴ふたつ、といってね……」

「あ、そういうのいいです。私、大っ嫌いな奴が苦しんでるところを見たら、ハッピーになれるタイプの人間なんで」

「ちょっと、変なこと考えてないでしょうね。同窓会殺人事件とか、勘弁してよ」

「あーちゃん、バッカだなぁ。あいつらのために、そこまでわが身を犠牲にするわけないじゃん」

真琴の指示通り、駅前に車を停める。黙り込む朱里を見て、真琴は「あーちゃん、怒ってるの？」と首を傾げる。夕暮れの駅には、制服姿の高校生の姿がちらほらと見える。何に腹が立っているのか、朱里自身よくわかっていなかった。かろうじて、「やっぱりあんたのこと、嫌いだわ」と吐き捨てる。

「知ってた。私は、あーちゃんが大好きだよ」

軽やかな足取りで駅に向かう真琴を見て、母は眉をひそめた。

「結局あんた達、仲が良いの？　悪いの？」

「さあね」

「それで、あんたはどうするの。その顔じゃあ、当分帰れないんじゃないの」

「帰るよ」

幼馴染と取っ組み合いの喧嘩をした、などと伝えれば、敏行はひっくりかえるだろうか。

「でも、華とふたりでは帰らない。敏行さんに電話して、迎えに来てもらう。三時間もかけてワンオペで公共交通機関に乗るなんて、もうまっぴら」

そう言おう。ずっと隠していたあの頃の私を、この街にいる私と華を、敏行に見せよう。それからあとのことは、そのとき考える。

朱里は額に手をかざし、夕暮れのホームに目を凝らした。スキップするような足取りで駅の中に消えた真琴が、再び姿を現す。

「あっ、忘れてた！　あーちゃん、おかえりー」

ホームに立った真琴が、ぴょんぴょんと飛び跳ねながら両手を振る。その姿は、まるでそのまま茜色の空に飛んで行ってしまいそうなほど軽やかだった。

まだあの場所にいる

その生徒を前にしたとき、相田杏子《あいだきょうこ》は咄嗟に怯んだ。だが、無愛想にならない程度に表情をやわらげ、目の前の少女に会釈をした。

「倉橋美月《くらはしみつき》さん、ね。二年B組の副担任をしている相田です。新学期からよろしくね」

教員生活十五年目ともなれば、この子とは合わない、生理的に受け付けないと感じる生徒と出会うことも、珍しくない。理屈ではない、直感のようなものだ。そして、こんなときに感情を隠して振る舞うことも、杏子にとってはもはや容易《たやす》い。

転入生の倉橋美月は屈託のない笑顔で、「相田先生、よろしくお願いします」と、ぴょこんと頭を下げる。胸許に届くほどの黒髪が、肩に当たって大きく弾む。パステルカラーのギンガムチェックのワンピースが、透き通るような肌の白さを際立たせていた。

「副担任ということは、じゃあ……」

倉橋美月の後ろに立っていた母親が、おずおずと口を開く。くっきりとした二重の黒目がちな瞳、真っ直ぐに通った鼻筋、上品な口許。顔立ちは親子でそっくりだ。だが整った容姿をしているのに、目つきも口調も、ひどく自信がなさげだった。少女のように華奢《きゃしゃ》な体つきで、ともすれば、今年三十七になる杏子より二つ三つ若く見える。

「担任は私ではなく、永原《ながはら》ですね。今は部活の指導で少し遅れていますが――」

「すみません、生徒に摑まっちゃって」

ジャージ姿の永原が職員室のドアを開ける。慌てて駆け込んでくれば可愛げがあるものの、いつも通りの気怠《けだる》げな足取りだ。永原は教員になってまだ二年目で、見た目も中身も大学生のように若い。

「担任の永原登也《とうや》です。転入生の倉橋さんだよね。ええと、学務課から受け取った封筒が確かこの辺りに――」

永原が自分のデスクを漁ると、無秩序に積み上げられた書類やファイルが雪崩《なだれ》を起こした。倉橋美月はくすくすと笑っていたが、母親の方は不安げに眉を曇らせていた。

ふたりが職員室を出て行ったのを見送ると、永原はさも大仕事を終えたかのように溜息をつく。

今年初めてクラス担任を任され、同時にバレー部の顧問を押し付けられた永原の体からは、生徒達が使うような甘ったるい制汗スプレーの匂いがする。

「倉橋美月、か。人懐っこそうな子でしたね。北海道から引っ越してきたんでしたっけ？　確かに、北の大地ですくすく育った感じだよなぁ、発育がいいというか」

「ちょっと」

杏子が眉をひそめると、永原は「いや、全然そんな、変な意味じゃないっすよ」と肩をすくめる。

「永原君、あなたみたいな若い男性教諭は、女子校では良くも悪くも注目されやすいの。言動には人一倍注意しないと——」

「わかってます、わかってます。でもあの子、ああいう感じで、うちのクラスに馴染めるかな」

「馴染めるように環境を整えるのが、私達の仕事でしょう」

他人事のような永原に呆れる。だが、言わんとすることはわかる。

倉橋美月の無邪気な笑顔と、潑剌《はつらつ》とした口調。少し幼いオーバーリアクションは、まるでアニメ映画のプリンセスのようだった。スクリーンの中のキャラクターが現実世界に飛び出してきて、周囲にすんなりと受け入れられるはずがない。しかも彼女が転入する二年B組は、教師の間では密《ひそ》かにいわくつきのクラスとして知られている。

「あの子、インフルエンサーの砂村《すなむら》マエリに似てません？」

杏子の危惧《きぐ》などおかまいなしに、永原は呑気にスマートフォンを弄《いじ》っている。差し出された画面の中では、ピンク色の髪の少女が、はちきれんばかりの笑顔で踊っていた。若者の間で定着している動画投稿アプリらしい。録画映像を二倍速にしたような忙《せわ》しないダンスに、目が回りそうになる。

「うちのクラスでもフォローしてる子が多くて、しょっちゅう俺のタイムラインに流れてくるんですよね」

「タイムライン？　永原君、生徒とＳＮＳで繫がっているの？」

永原は、まずい、という顔つきで口を噤んだ。先月の職員会議で、生徒と教員がＳＮＳで繫がることには慎重になるべき、という話題が出たばかりだ。

「いや、わかってます、わかってるけど俺は、そういう事なかれ主義みたいなの、どうかと思うんですよね。俺達大人にだって、SNSにしか吐き出せないことがあるじゃないですか。それは子供達の方でも同じというか」

現実世界で吐き出せないことを、不特定多数が閲覧できるSNSになら放流できるという考えが、杏子にはまるで理解できない。そもそも、そんなにご立派な主張があるのならば、会議で堂々と意見を述べればよかったのだ。永原は単に、生徒との一線の引き方がルーズなだけだ。そういう甘さが原因でメンタルを壊した若い教員を、杏子はこれまで何人も見ている。

「大丈夫ですよ、俺なりに気を付けてるつもりなんで」

永原は、長い前髪で覆われた目を鬱陶しそうに細めた。学年主任からたびたび注意を受けているが、「すみません、切りに行く時間がなくて」などと受け流し続けているのだ。杏子や、その他多くの教員にとって永原は、後輩というよりも反抗的な生徒に近い。

「ながやん、体育館の後片付け、終わったよ」

Tシャツ姿の生徒達が職員室に雪崩込んでくる。バレー部の部員だ。

「うわっ、机、汚すぎ。また森《もり》ジイに怒られるよ」

「あたし達が片付けてあげようか？」

たとえ教員として頼りなく仕事がいい加減でも、永原は若い男というだけで、生徒からもてはやされている。一方で杏子は自分が、相田杏子という名前をもじり『アイアン』という好意的ではない渾名《あだな》で呼ばれていることにも気付いている。

少女達の声に背を向け、杏子は給湯室に向かう。冷蔵庫を覗くと、ガラスポットの中の麦茶が残り少なくなっていた。杏子はやかんを火にかけながら、ふと正面の窓に目を向ける。正門へと続く石畳の道を、倉橋親子が歩いているのが見えた。

俯きがちにとぼとぼと歩く母親の隣で、娘の美月は、サンダルの踵にばねでも付いているかのように軽やかに歩く。夏休み中なので生徒の姿は多くないが、校庭でランニングをしていた陸上部員達が、足を止めて美月を眺めている。注目を集めているのは、美月が制服ではなく私服姿、というだけではないだろう。

ざらりとした感情が胸の裏側を舐《な》める。その正体を知りたくなくて、杏子は美月から目を背けた。長く伸びる蟬《せみ》の鳴き声が、陸上部員のランニングの掛け声に重なる。少女達のスニーカーが蹴り上げるグラウンドの砂埃が、夏の終わりの風景を白くけぶらせていた。

薄い埃に覆われた居間のテレビには、スーツ姿の初老の男達が映し出されている。いじめはなかったと認識しております、生徒間でトラブルがあったという報告も特には——記者からの矢継ぎ早の質問にしどろもどろに答える彼らに、容赦のないフラッシュが浴びせられる。余所《よそ》の学校のこととはいえ、杏子は朝から、喉に粘土を押し込まれているような気分になる。

「お母さん、チャンネルを変えてもいい？」

「いやよ、私、このアナウンサーが好きなんだからっ」

隣に座った母親が、むくれ顔でリモコンを杏子から遠ざける。それでいて「アナタ、また痩せたんじゃない？　朝はもっと、しっかり栄養を摂《と》らないと！」と食べかけの煮豆の小鉢を押し付けてくるので、うんざりする。食卓テーブルの上には皮つきの林檎《りんご》にキムチに青汁、庭から切ってきたアロエの葉肉などが、所狭しと並んでいる。杏子は何年も前から、朝はオートミール粥《がゆ》にサラダだけと決めているのに、母がテレビの健康番組に傾倒しているせいで、食卓に並ぶものが日に日に増え続ける。

「あら、いやだ。杏子ちゃん、ちょっと動かないで」

母が唐突に声をあげ、杏子のこめかみに手を伸ばす。針の先で突かれたような痛みが頭皮を走り、杏子は悲鳴を上げた。

「ちょっと、お母さん！」

「だって、白髪があるんだもの」

母は、おぞましいものでも見つけたような顔をしている。節くれ立った指には、白髪のほかに、まだ黒い髪の毛が数本絡まっていた。

「今日か明日にでも、学校の帰りに美容院で白髪染めをしてらっしゃい。アナタが身だしなみをきちんとしないと。生徒さんたちにしめしがつかないじゃない」

確かに最後に髪を切ったのは、半年近く前だ。だが肩の下まで伸びた髪の毛は、いつも頭の後ろできっちりとひとつにまとめているし、見苦しいことはないはずだ。

「お母さん、私はもうすぐ四十歳なの。白髪があるのは当然でしょう」

「何言ってるの、まだ三十七じゃない！　ね、折角だから、全体的に明るい色に染めるのはどう？　少しウェーブをつけるのもいいわよ。その方が、ふんわり女らしく見えるわ」

かつてはあれほど、街を歩く女子高生の短いスカートや派手な化粧を見ては「あんなのはいやね、男の人に媚《こ》びることばかりを覚えて」などと眉をひそめていたくせに、今や母は、三日に一度はこんなことを言う。

杏子は仕方なく小鉢の煮豆をひと粒だけつまみ、あとは自分用に作ったオートミール粥を機械的に口に運んだ。

「ねぇ、杏子ちゃん、今週末はお休みできるわよね」

「新学期が始まったばかりで、忙しいから無理」

「そんなこといって、夏休みだって一日も休めなかったじゃない！　たまにはお買い物に付き合ってよ。久しぶりに大松百貨店に行きたいの」

「お父さんはどうするの？」

杏子は隣の和室に視線を送る。開け放たれた襖の向こうには、介護用のベッドに横たわる父がいる。杏子の位置から顔は見えないが、まだ眠っているようだ。二年前に脳溢血《のういっけつ》で倒れて以来、父は一日のほとんどの時間をベッドで過ごしている。

「お父さんは、加奈子《かなこ》さんに頼むからいいの」

「だけど叔母さんだって、忙しいんじゃない？」

「じゃあ、ショートステイにでも頼むわよっ。たまの息抜きくらいで、どうして私ばっかり責めだから！」

キッと目尻を吊り上げる母を見て、ああ地雷を踏んだと思う。

「アナタは仕事しかしてないけど、私は毎日、家のこともお父さんのことも、精一杯やってるんだから！」

「わかった、午前中だけでも時間を作るから」

ヒステリックに食って掛かる母をいなしながら、杏子は手早く食器を下げ、家を出た。古い住宅街を抜け、いつものバスに乗り、駅へと向かう。目を閉じていても目的地に辿《たど》り着いてしまいそうなほど、杏子はもう何年も、同じルートをなぞって登校している。変わったことといえば、今は生徒としてではなく教員として、制服姿ではなくスーツ姿でバスに揺られていることくらいだろうか。大学の四年間だけは外部の学校で寮生活をしていたが、卒業後は高等部の国語教員として、母校である中高一貫の私立校に舞い戻った。

車窓の向こうを流れる景色は、ほとんど変わらない。まるで映画のセットのようだ。鮮やかだった色彩は日に焼け、配置された物も人も、ゆっくりと古びてゆく。乗客の手垢や埃で白く曇ったガラスには、杏子自身の姿がうっすらと映し出されている。数年前から白髪が増え、体重管理に気をつけてはいても、皮膚や肉のたるみは抑えられない。目の周りにも、そばかすのような薄いシミが増えた。自分も両親も、最近雨漏りが増え床のあちこちがへこむようになったあの家も、街と一緒にゆっくりと古びてゆく。おそらく杏子はこれからも毎朝同じバスに乗り、定年を迎えた後は、両親が遺《のこ》した家でささやかな年金をやりくりして暮らすだろう。それは、そう悪くない未来のように思える。退屈には、ぬるま湯に身を浸すような安寧がある。

　京急蒲田《けいきゅうかまた》駅前でバスを降り、私鉄の改札を抜ける。まだそれほど混みあっていない構内で、杏子はよく知る人物の姿を見つけた。養護教諭の西条尚美《さいじょうなおみ》だ。ショートカットの白髪から覗く耳には、今日も玩具のように派手な色のイヤリングが揺れている。

「おはようございます。西条先生も、この路線でしたっけ？」

「おう、相田か。昨日は横浜《よこはま》の娘のとこに泊まったからさ。孫が、バアバ帰っちゃだめって泣いて、離してくれなかったんだよな。娘の夫は迷惑そうだったけど」

　西条はひひっと笑ってから、眉をひそめて杏子を見た。

「相田、顔色が悪いんじゃないか？　ちゃんと朝飯、食ってるのか？」

　皺の浮いた手でぴたぴたと頬を叩かれ、杏子は顔をしかめた。西条は杏子が学生だった頃から養護教諭をしているせいか、未だに杏子のことを生徒のように扱うときがある。

「文化祭の準備で立て込んでいて、バタバタしているだけです」

「ああ、ミスコンの穴埋めだろ？　去年の合唱コンクールは、みんなやる気がなくてぐだぐだだったもんな。今年はどうなった？」

「各クラスが持ち回りでステージパフォーマンスをすることに決まりました」

　文化祭の恒例行事だったミスコンが廃止され、二年目になる。生徒を外見で判断し順位付けすることなどもってのほかだと、西条他数名の教師が粘り強く訴え続け、昨年春にようやく実現した。長年の努力の末、といえば聞こえはよいが、時代の風潮に後押しされたことが大きかったように、杏子は思う。実際ここ数年で多くの学校が、そうしたコンテストの在り方を見直している。

ホームに到着した急行電車に乗り込みながら、杏子は、だがミスコンの廃止にどれほどの意味があるだろう、と思う。実際に杏子は、西条から何度かミスコン廃止の署名を集めるメンバーに加わらないかと誘われたが、いつも適当な理由をつけて断っていた。

「ったく、若者は立てよなぁ。体力が余ってるんだからよ」

西条が吊革を掴みながらぼやく。車内は混み合っていて、他校の制服を着た女子高生のグループが座席を占領している。西条は、気付いていないのだろうか。彼女達のスカートから覗く滑らかな膝小僧や太腿に、周囲の男達が、ちらちらと視線を投げかけていることに。杏子の斜め後ろに立つ男子学生達が、どれがいいだの、あれは無理だのと囁く声が、電車の走行音に紛れてかすかに聞こえてくる。たとえ全ての学校からミスコンが消えたところで、少女達は電車に乗るだけで、街を歩くだけで、もっといえば就職試験などの人生を左右する場面でさえ、強制的にステージに引っ張り出される。

少女達の無邪気な笑顔から顔を背ければ、頭上の中吊り広告で微笑む水着姿のアイドルと目が合う。週刊誌か青年漫画誌の広告だろう。正面のドアガラスには、新製品の歯磨き粉を宣伝するためのステッカーが貼られている。そこでもまた、ぱっちりとした大きな目のモデルが、笑顔で白い歯を見せている。ルッキズムだ、多様性だ、プラスサイズモデルだ、芸人の容姿いじりは時代遅れだ、と叫ばれるようになった今ですら、この世界には至るところに、ちゃんと正解が掲示され続けている。

「それで、相田のクラスは何をやるんだよ」

「まだ決まっていませんね。私のクラス、ではなく、永原先生のクラスですが」

「またまた。生徒達があんたのことを、二年B組の裏番長って呼んでるのを知ってるだろ？　永原本人も、そう思ってるんじゃないか？」

「そういう意識でいられるから困っているんですけどね」

顔をしかめる杏子を見て、西条はくつくつと笑う。

「永原、昨日も保健室に来たよ。胃薬をくれってさ。相田がイビり過ぎなんじゃないか」

「胃が痛いのはこっちの方ですよ」

「何だ、何か揉めてるのか？」

頼りない永原の補佐役兼教育係という副担任の仕事は、ある意味で余計に神経が摩耗する。だがそればかりではなく、最近の杏子は、喉に小さな棘《とげ》が刺さったような感覚が、ずっと抜けずにいる。

「揉めている、ということではないですが、二学期からの転入生の倉橋美月が――クラスに、馴染んでいます」

不気味なほどに。という言葉を、杏子はぎりぎりのところで呑み込んだ。西条が不可解そうに眉を寄せる。

「結構なことじゃないか？」

「……そうですね」

真顔で返す杏子を見て、西条は「何だ相田、寝ぼけてんのかあ？」と、笑いながら杏子の肩を小突いた。

暦の上では秋が始まっているとはいえ、日当たりの良い南棟の教室はまだ蒸し暑い。窓から吹き込む風はかすかにカーテンを揺らすだけで、狭い教室内に充満した少女達の匂いまでもは攫ってくれない。バターをカラメル色になるまで煮詰めたような、甘く濃厚な十代の体臭に、整髪料や香水、制汗スプレー、ブラウスに残る柔軟剤など、様々な匂いが入り混じる。この子達の嗅覚は一体どうなっているのだろう、と訝《いぶか》しみながら、杏子は黒板の粉受にチョークを置いた。

「これが現代文の動詞の活用にはない、古文特有の已然形《いぜん》になります。ここを曖昧にして現代語風に訳すと、全く違う意味になることがあるので気を付けてね」

もう何年も、何十回――いや何百回となく繰り返してきた言葉を口にする。自分の授業に熱心に耳を傾ける生徒など、ほとんどいない。惰性でノートを取る生徒が三割、二割は古文の教科書の陰で他の教科の課題に取り組み、残りの五割はスマートフォンをつついている。

杏子はテキストを読み上げながら、窓際の席に目を向けた。前から二列目に座っているのが、転入生の倉橋美月だ。真面目にノートを取ろうとしているが、後ろの席の早乙女莉愛《さおとめりあ》が、しょっちゅう背中をつついてちょっかいを出す。美月は困った素振りを見せつつも、まんざらでもないようだ。時々莉愛を振り返り、額をくっつけ合わせるようにして、くすくすと笑っている。その笑い声が耳を掠めるたびに、杏子の喉に刺さった小さな棘が、硬さと鋭さを増す。

二週間前にクラスに転入してきた倉橋美月は、杏子と永原の予想に反し、あっというまにクラスに溶け込んだ。転校初日、教壇の横で緊張気味に自己紹介をする美月に、真っ先に声を掛けたのが莉愛だったらしい。

『美月ちゃんに質問！　彼氏はいますか？』

早乙女莉愛はクラスの中心的な存在だ。人目を惹く容姿とは裏腹に、中身は可愛らしさとは程遠い。中等部の頃から校則違反の常習者で、気に入らない生徒を不登校にさせた、反りが合わない教師を休職に追い込んだ等、悪い噂が絶えない。いつもは斜に構えた態度の莉愛が珍しく無邪気に振る舞う様子に、教室にいる誰もが、一瞬戸惑った様子を見せた。莉愛は続けて、『だって美月ちゃん、可愛いもん。絶対地元に置いてきた彼氏がいるでしょー』とおどけ、クラス全体が和やかな笑いに包まれた、と。永原からは、そのように聞いている。

ベルが鳴り、四限目の古文の授業が終わる。莉愛はすっと立ち上がると、教卓でテキストを片付ける杏子の許に歩いてくる。制服の白いブラウスの肩で、ウェーブのかかった髪が揺れる。校則違反の常習者とはいっても、髪の毛は地毛と言い張れる程度の焦げ茶色で、化粧も派手ではない。スカートの丈も膝上十センチ程度だ。だが杏子には逆に、そんなところに彼女の狡猾《こうかつ》さが表われている気がしてしまう。莉愛は、どういうスタイルが十七歳の自分をより魅力的に見せられるかを心得ている。

「相田先生、文化祭の出し物が決まったので、ながやんに渡しておいてくれますか？」

莉愛が差し出すA4サイズの用紙には、文化祭のステージパフォーマンスの内容、参加メンバーや用意してほしい音源などが書き込まれている。

「ダンスに決まったのね。メンバーは、早乙女さんを入れて八人？」

「いいえ、美月を入れて九人です」

美月が「えっ」と目を丸くし、机から身を乗り出す。

「莉愛ちゃん！　私、少し考えさせてって言ったじゃない」

「だけどみんな、美月のダンス、見たいよね！」

莉愛が満面の笑みでクラスメイト達を煽る。誰からともなく、美月、美月、という声が上がり、手拍子が始まる。杏子は慌てて声を張り上げた。

「みんな、ちょっと待って。倉橋さんは転入してきたばかりで、まだ学校に馴染むことで精一杯なんじゃない？」

「えー、そうですかぁ？　すでに、めちゃくちゃ馴染んでると思いますけど」

莉愛が長い睫毛をしばたたかせる。可愛らしい仕草のはずだが、普段の彼女を知っている杏子としては、小馬鹿にされた気分になる。莉愛は美月の腕を取り、教卓まで引っ張ってくると「ね、お願い！」と上目遣いで懇願する。

「美月が出ないなら、私も出ない！　そしたらみんな困るよ、ダンス自体が中止になっちゃう」

「莉愛ちゃん、強引すぎるよ」

「ここまで来たら、覚悟を決めな！　ここに美月も名前を書いて！」

美月が観念したようにシャープペンシルを取ると、教室に、わっと歓声が上がる。

「倉橋さん、本当にいいの？」

「私、小学校を卒業するまでダンス教室に通ってたので、多分大丈夫だと思います」

「……そう。無理はしないでね」

悪戯っぽく微笑む美月から用紙を受け取りながら、杏子は喉に刺さったままの棘が、ずきんと疼くのを感じた。

教室を出る杏子の後ろから「衣装はどうする？」「やっぱりお揃いがいいよね」という、生徒達の楽しげな声が聞こえてくる。副担任として少なからずクラスに関わってきたが、一学期の体育祭では、これほどの連帯感は見られなかった。むしろ学年主任の教師からは、二年B組は担任の永原同様、冷めていてやる気がない、とぼやかれたくらいだ。そのクラスが、たった二週間前に転入してきた倉橋美月を中心に、ひとつにまとまろうとしている。

「ねえ、何だか、おかしくない？」

職員室に戻り、隣のデスクで雑務に追われている永原に声を掛ける。預かってきた用紙を突き付けると、永原は一瞬怯んだ顔をした。だがすぐに、「ああ、やっぱり倉橋も出るんですね」と取ってつけたような無表情で呟く。杏子にはそれが、何かを取り繕っているように見えてならない。

「永原君は、これでいいと思う？　倉橋さんと早乙女さん、急に接近し過ぎじゃない？　私には不自然に感じられるけど。あのふたり、本当に仲がいいの？」

「……どういう意味ですか。初対面の奴と妙に気が合って、その日のうちに仲良くなるって、わりと普通じゃないですか？　まぁ、相田先生には、そういうのは、わかんなそうですけど」

永原は椅子に座ったまま、上目遣いに杏子を睨む。突拍子のない攻撃性に面食らう杏子の前で、永原はぬっと立ち上がった。

「相田先生、うちのクラスは倉橋が転入してきてから、本当にいい感じなんです。だから水を差すようなことを、言わないでくださいね」

永原はひょろりとした瘦せ型だが上背があり、向かい合って前のめりの姿勢で立たれると、覆い被さられているような圧迫感がある。立ちすくむ杏子を置いて、永原はふいと職員室を出ていった。向かいのデスクの数学教師・北野《きたの》が、「大丈夫？」と杏子の顔色を窺う。

「平気です」

つとめて事務的な笑顔を作り、受け取られなかった用紙を、永原のデスクの上に載せる。午後からの授業の準備を始めながらも、杏子の目にはまだ、用紙の端に書き足された倉橋美月の美しい筆跡が焼き付いて離れなかった。


「だから、永原先生と連絡がつかないと、プログラムを作れないんです……」

「ごめんね、私からも電話をしてはみたんだけど……」

生徒会長の半田《はんだ》が、涙声で呟く。杏子は薄い不織布越しにスマートフォンを耳に押し当て、天井から降り注ぐ甘ったるいＪ‐ＰＯＰが彼女の耳に届いていないことを願った。文化祭を再来週に控えた日曜、生徒の彼女ですら学校で準備に追われているというのに、教師の自分がこんな場所にいることを思うと、気が咎《とが》めてしまう。

「ステージパフォーマンスのタイムテーブルも、永原先生が各クラスの希望をまとめて素案を作るっていってたのに……」

「そうね、私も午後からは学校に行くから、ちょっと永原先生のデスクを見てみるわね」

小さく洟をすする彼女を宥め、何とか電話を切る。スマートフォンを顔から離し、杏子は改めて目の前の鏡に向き合う。四角い袋状の頭巾ですっぽりと顔を覆った姿は、絞首刑に処される罪人のようだ。首から下は囚人服ではなく、桃色のひらひらしたワンピースというところが、余計に不気味だ。

「いかがですかー？　ドアの方、開けても大丈夫ですかあ」

底抜けに明るい店員の声に、返事をするより早くドアが開いた。母だ。

「あらー、いいじゃない。サイズもぴったり。ほら、こんなものは取って！」

フェイスカバーと呼ばれる不織布を剝ぎ取られ、杏子は店内の大きな鏡の前に引っ張り出される。大松百貨店二階にあるアパレルショップには、可愛らしいパステルカラーが氾濫している。店員やマネキンが着ている洋服は十代から二十代向けのデザインばかりで、杏子と母は明らかに場違いだった。文化祭も近く雑務が山積みだというのに、なぜ貴重な休日を、老母の着せ替え人形にされることに費やさねばならぬのかと、溜息が洩れる。

「お母さん、折角買ってもらえるなら私は、通勤に使えるものがいいんだけど」

「それでしたら色違いで白やネイビーもありますし、こちらのジャケットやカーディガンを羽織れば、通勤にもＯＫだと思いますよ」

店員がすかさず他の羽織りものを勧めてくる。だが母はきっぱりと首を振り、「だめよ、ピンクがいいの！」と甲高い声で叫んだ。「もっとふんわり、華やかに」「女性らしく」と店員にまくし立てる母に、杏子は適当に手に取ったフレアスカートを押し付ける。

「お母さん、私のことはいいから、自分の服を探したらいいじゃない。このスカートはどう？」

「あら、素敵な花柄。でも私には、若すぎるわよぉ」

お似合いですよー、と店員におだてられ、母はまんざらでもなさそうに頬を染める。いそいそと試着室に向かう背中は、ここ数年で随分小さくなった。栗《くり》色に白髪染めをした髪の毛は嵩《かさ》が減り、地肌が透けている。最近の母は、貧相で色気のない娘を、何とか異性の目に留まるように改造しようと必死だ。十数年前に杏子が「私は結婚しないと思う」と告げたときは、「そうね、杏子ちゃんがお嫁に行ったら、お母さん寂しいわ」などと頷いていたはずなのに、父が倒れたことで母は変わった。おそらく急に後ろ盾を失った気分になり、娘の将来に不安を感じているのだろう。

母の姿が試着室のドアの向こうに消え、杏子はようやくひと息つく。自分もさっさと着替えようと、鏡の前から離れようとしたときだった。

「……相田先生？」

聞き覚えのある声に血の気が引く。いつのまにか、すぐ傍に倉橋美月が立っていた。大きな瞳を、嬉しそうにきらめかせている。

「やっぱり、相田先生だ！　お母さんとお買い物ですか？　私も今日はママ——えっと、母と一緒に来たんです」

杏子はかろうじて「偶然ね」と呟く。休日に母親とふたりきりで、場違いな若者向けの店で似合わない服を試着させられているという状況が、自分という人間のプライベートを丸裸にしている気がして、上手く微笑むことができなかった。美月は、「母がトイレに入った隙に、逃げてきちゃったんです」と悪戯っぽく舌を出す。

「もう高校生なんだから服くらい自由に選ばせて欲しいのに、すごく口うるさいんですよね。母も父も、私が友達と買ってくる服は、全部気に入らないみたい」

杏子は、職員室で初めて会った日の美月の私服姿を思い出す。パステルカラーのギンガムチェックのワンピースは、確かに丈が短めで、真っ白な太腿が露わになっていた。

「ふたりとも、私が目立つのがイヤみたいで、何かと束縛するんですよ。せっかく東京に引っ越してきたのに、塔に閉じ込められたラプンツェルみたい。文化祭のダンスに出ることにも、未だにいい顔をしてなくて」

自分のことを臆面もなくプリンセスにたとえる彼女に面食らう。だが杏子が教師として気にするべきなのは、そこではない。

「ご両親が反対してるの？」

美月はハンガーラックにかかった色とりどりの服に触れながら、不満げに頷いた。

「そうなんです。だから莉愛ちゃんに誘われたときも即答できなくて……、結局あんなふうに、強引な感じになっちゃったんですけど」

「倉橋さん、そういう事情だったら、今からでも永原先生に相談すれば――」

「でも私、踊りたいんです」

勢い込んで言いかける杏子を、美月の輝くばかりの笑顔が怯ませる。杏子は、初めて彼女に対面した日にも同じ気持ちにさせられたことを思い出した。

「だけど莉愛ちゃんに強引に誘われなかったら、決心できなかったかも。莉愛ちゃん、本当にいい子ですよね」

「……そう」

「あっ、この半袖ニット、先生にすごく似合いそう」

美月は声を弾ませ、ハンガーをラックから外す。襟ぐりが広く開いた、フレンチスリーブのニットだ。

「うわー、これ、後ろにリボンがついてる。さりげなくて可愛い！」

はしゃぐ美月の後ろから、くすっと笑う声がした。店に入ってきたカップル客だ。男の方が「真逆じゃね?」と女に囁き、女が「ちょっと」と男の胸を小突く。

「先生はスタイルがいいから、ふわふわした可愛いデザインよりも、こういう体のラインが出るようなものの方が、かっこよく決まると思うんですよね」

杏子は美月を見つめた。聞こえなかったはずがない。聞こえなかったはずがないのに、美月は平気な顔でニットをハンガーから外し、杏子の胸に押し当てる。美月に背中を押され、杏子は再び、鏡の中の自分と向き合う。痩せて角ばった杏子の肩の上に、美月の満面の笑みがある。

「ねっ、やっぱりすごく似合う」

杏子の喉に刺さった小さな棘の周辺が、ふつふつと熱をはらむ。汚い膿《うみ》が詰まったニキビのように、得体の知れない何かが膨れ上がる。

顔を強張らせる杏子にはお構いなしに、美月は「あ、ママだ」と子供じみた声を上げる。店頭に並んだマネキンの陰から、倉橋美月の母親が、こちらの様子を窺っていた。

「相田先生、お買い物の邪魔しちゃって、すみません。また明日、学校で」

美月は可愛らしくぴょこんと頭を下げると、小走りに店の外に出てゆく。立ちすくむ杏子の胸の上から、置き去りにされた空色のニットが、ゆっくりと滑り落ちる。反射的に両手で抱き留めると、先程とは別の店員が「そちら、可愛いですよね」と声を掛けてくる。よく見れば、色違いのレモンイエローのニットを着ている。鮮やかな色合いが、彼女の瑞々《みずみず》しい肌によく映えた。

「私も、黄色と水色で迷ったんです。ご試着されます？」

「結構です」

硬い声で言い、手早くニットをハンガーに戻す。試着室のドアが開き、花柄のスカートを穿いた母が、「どうかしら?」と顔を出す。お似合いですよぉー、と判で押したような返事をする店員の横をすり抜け、母の体を押しのけるようにして、杏子は入れ替わりに試着室に飛び込んだ。

ドアに鍵をかけ、ワンピースのファスナーを乱暴におろす。鏡に映っているのは、地味な下着姿の中年の女だ。剝き出しの尖った肩の上に、少女の面影がぼんやりと浮かぶ。倉橋美月ではなく、もっと別の、杏子が記憶の奥に押し込んで忘れ去ろうとしていた少女の顔だ。

そうだ、倉橋美月は、あの少女に似ているのだ。理屈ではなく、生理的に彼女を受け入れられないと感じるのは、そのせいだ。

「杏子ちゃん、どうしたの？ ピンクが気に入らないなら、ラベンダーはどうかしら？ やっぱりね、男の人が安心するのは、お花みたいに優しい色合いなのよ。ねぇ杏子ちゃん、杏子ちゃんたら――」

ドアの向こうから、母が呼ぶ声がする。足許がふらつき、杏子は試着室の床に膝をついた。大丈夫、いつもの貧血だ。だが、なかなか立ち上がることができない。薄暗い天井を見上げる。四方を白い壁に囲まれた窮屈な試着室は、学生時代に何度も逃げ込んだ、あの場所にそっくりだった。

自分の美しさを知っている少女は、ほぼ例外なく残酷だと、杏子は思う。子供の頃から杏子は、平均よりも体が大きかった。中学生になった辺りから肉付きが増し、少し体を動かすだけで息が上がり、全身から汗が噴き出した。教室では杏子の一挙手一投足に、さざ波のような笑い声が起きた。その中心にいるのはいつも、教室の中で飛びぬけて美しい少女だった。だから学生時代の杏子は、休み時間のほとんどを、古い北校舎のトイレの個室で過ごした。便座に座って食べる母の弁当は、ほとんど味がしなかった。鼻からいやな臭いを吸い込まないように、いつも息を止めていたから。

職員用トイレの個室で天井を見上げ、杏子は、なぜ自分はこんな場所に戻ってきてしまったのだろう、と思う。この学校に愛着など持っていない。運悪く就職氷河期にぶち当たり、単位のために取得していた教員の資格と、恩師のコネを使うしかなかっただけだ。

トイレを出ると、東校舎の廊下は茜色に染まっていた。屋上で練習をしている吹奏楽部の演奏が聞こえる。古い北校舎は、六年も前に取り壊された。杏子はもう、制服を着た女子高生ではない。体重を三十キロ以上落とし、周囲からは痩せすぎだと心配される。あの頃とは、何もかも違っている。だから倉橋美月にだって、他の生徒と同じように接することができるはずだ。

東校舎と西校舎を繋ぐ渡り廊下で、杏子は足を止めた。中庭で踊る少女達の姿が見える。芝生の上に八人の影が長く延びていた。中心に立ってカウントを取っているのが倉橋美月だ。早乙女莉愛はどういうわけか、ひとりだけベンチに腰を下ろし、険しい顔つきで仲間のダンスを睨んでいる。

「早乙女さんは踊らなくていいの？」

気付かないふりで立ち去ろうとした自分を叱咤しながら、杏子は莉愛の隣に座った。莉愛は肩をすくめ、「休憩中です。リーダーが張り切り過ぎて、付き合ってらんない」と言う。余裕ぶった態度を装おうとしているが、莉愛の息は上がっていた。Tシャツは汗ばみ、濡れた額に前髪が貼りついている。

杏子はこれまでも、中庭で少女達がダンスの練習をしているところを見かけたことがあった。ダンス経験者の美月に比べ、莉愛の動きは明らかに見劣りしていた。副担任なので生徒の成績は把握しているが、莉愛は体育の評定が低い。真面目に参加していないだけだろうと思っていたが、体を動かすことが苦手なのかもしれない。

「ねー相田センセー、なんでミスコンがなくなっちゃったんですかぁ。そしたらダンスなんか、しなくても済んだのに。何だかもう、面倒くさくなっちゃった。相田先生と西条先生が校長に直訴してコンテストを廃止にさせたって、本当ですか？」

「違うわよ、有志の先生と保護者の方達が何年も話し合って決めたことよ」

「ふうん。そういうのに反対するのって、みんなブスばっかりですよね」

絶句する杏子の隣で、莉愛は可愛らしく小首を傾げてみせる。

「先生、私、ブスとデブが嫌いなんです。不細工は整形でしか変えられないからまだ許せますけど、デブは最悪。『あー痩せたい』とか言いながら、カフェで生クリームたっぷりのドリンクを飲んでる女を見ると、殺したくなる。あっ、もちろん、自分より可愛い女も大っ嫌いだけど、そっちは殴りたくなる程度かな？」

「じゃあ、どうして――」

胸に浮かんだのは、生徒に言うべきではない言葉だ。杏子は一度言葉を呑み込み、質問を変えた。

「早乙女さんは、倉橋さんのことを本当に友達だと思って接してるの？」

「当たり前じゃないですか。美月は、天使みたいに可愛いもん。あんな子、今まで見たことない。どうしたらあんなふうに真っ白に育つのかな。可愛すぎて時々、めちゃくちゃにしたくなっちゃう」

夕陽に染まった莉愛の笑顔は、杏子の目に、ひどく不吉に映る。莉愛は、とっておきの秘密を打ち明けるように、杏子の耳に唇を寄せた。

「相田先生、先生がアイアンって呼ばれてる理由、知ってますか？」

「相田の相《あい》と、杏子の杏《あんず》の字で、アイアンでしょう」

「それもありますけど、もうひとつは、アイアンメーデン。鋼鉄の処女。ながやんも、ぴったりだって笑ってたよね」

莉愛の視線の先を辿って振り返ると、ベンチの後ろに永原が立っていた。生徒の看板づくりでも手伝わされたのか、顎やポロシャツにペンキをつけている。今までのやりとりが聞こえていたのか、引き攣った顔をしていた。

いつのまにか少女達はダンスを終えていた。美月が「莉愛ちゃーん！」と大きく手を振りながら走ってくる。

「足は平気？　まだ痛む？　次からは、踊る前にちゃんとストレッチをしなきゃ駄目だよ」

「ちょっと攣っただけだし」

「これからみんなで、代官山《だいかんやま》にできた新しいカフェに行こうってなったんだけど、莉愛ちゃんも行ける？　なんかね、トゥンカロンっていう、可愛いスイーツが人気なんだって！」

　美月は、見て見て、と声を弾ませながらスマートフォンを差し出す。色とりどりのマカロンの間に、胸焼けしそうなほどのたっぷりのクリームやフルーツが挟まれ、ポップにデコレーションされている。

「……行かない。あたし、そういうのは食べないから」

　莉愛は鼻の頭に皺を寄せて吐き捨てると、荒い足取りで校舎の中へと戻ってゆく。美月は不思議そうな顔をしてから、杏子と永原に会釈をし、小走りに莉愛の背中を追った。

「永原君」

「すみません、でも俺は別に、相田先生のことをそういうつもりで笑ったわけじゃなくて、その場の空気っていうか」

「そんなことはどうだっていいの。もっと他に、考えるべきことがあるでしょう」

「……わかってます」

「わかってます、やってます、大丈夫ですって、そればっかりだけど、それじゃすまないことだってあるのよ！　永原君は本気で、あのふたりをこのままにしておいてもいいと思ってる？」

　押し黙る永原を辛抱強く待ってはみたが、結局「少し時間をください」という、掠れ声の呟きが返ってきただけだった。

　待てと言われても日々は過ぎ、文化祭は近付いてくる。二年B組のダンスチームの不協和音は、日に日に大きくなっている。中庭での練習の様子を覗き見ると、莉愛がたびたび癇癪《かんしゃく》を起こし、他のメンバーが機嫌を取ろうとしているのが窺える。そんななかで美月の「莉愛ちゃん、少しずつでいいから、頑張ろ！」という屈託のない励ましが、余計に空気を軋ませていた。少女達の均衡は、ほんの少しバランスが崩れただけで、滅茶苦茶に壊れてしまいそうだった。

文化祭の前夜、職員室の電話が鳴った。受話器を取った女性教師が息を吞み、相田と永原の方を見た。

「警察から、お電話です」

職員室の空気が一気に張り詰める。杏子の視界の隅で、椅子から立ち上がった永原の顔が、紙のように白くなってゆくのが見えた。

「自分が何をしたか、わかってるの」

感情を露わにしてはいけない、逆効果だとわかっていても、声に怒りが滲む。テーブルの向こうでは、母が肩を落として俯いている。警察から母を引き取り、お互い無言のままに帰宅した。父がショートステイを利用している日だったことだけが、不幸中の幸いだ。

刑事からの屈辱的な扱い――憐れむような視線と口調が、まだ杏子の体の隅々にへばりついている。

「黙っていないで、ちゃんと説明して！」

母はのろのろと顔を上げた。てっきり涙ぐんで萎《しお》れているだろうと思ったのに、予想外に反抗的なまなざしだった。

「……全部、アナタのためにしたことじゃないの。杏子ちゃんが、ちゃんとしないから悪いんじゃないっ」

逆上する母に、杏子は唖然とした。胸の内で渦巻いていた怒りが、徐々に勢いを失う。代わりに、全身にのしかかる疲労と惨めさが重みを増した。

母が悪質マッチングアプリの被害者として警察で事情聴取を受けている、と受話器越しに刑事から聞かされたときは、頭が真っ白になった。事情を聞き出そうとする学年主任に「父が徘徊《はいかい》で保護されているみたいで」と嘘をつき、杏子は警察署へと急いだ。

『お母さんも、娘さんのためを思ってしたことだから、あまり責めないであげてね。最近こういうケースが多いんだよ。悪いのは、そういう親心に付けこむ悪質業者だからね』

年配の刑事は訳知り顔で言いながら、杏子にタブレットを差し出した。思わず目を背けたくなった。いつのまに写真を撮られたのか、あの日デパートで試着した、桃色のワンピース姿の自分がそこにいた。結婚相手を探しています、ひとり娘なので婿養子に入ってくださる方を希望します、高校教師、慎《つつ》ましく暮らしてきたので男性とのお付き合いの経験はありません、貯金はあります——。刑事に向かって、消してください、と呟く自分の声は、隠しようもなく震えていた。

母は、杏子に成りすましてアカウントを作っていた。そして、高額な紹介料を払えば条件の良い相手を紹介する、という甘い言葉に騙されたのだ。

「二百万なんてお金、一体どこから……」

「アナタの結婚資金よ。お嫁にいくときに渡そうと思って、お父さんがずっと積み立てていたの」

「お母さん、私は結婚をするつもりはないの。前に話したでしょう。心配してくれるのは有難いけど、安定した仕事もあるし、この家と土地を遺してくれるなら、ひとりでも路頭に迷うことなんてないんだから……」

「そんなことじゃないのよっ」

　母は皺の浮いた拳で、食卓テーブルを叩いた。椅子に座ったまま、地団太を踏むように足を踏み鳴らす。

「私は孫が欲しいの！　杏子ちゃんが産んだ赤ちゃんのお世話をしたいのっ。だって、お隣の三《み》池《いけ》さんにも、パッチワーク教室の小島《こじま》さんにも飯倉《いいくら》さんにも、みんな孫がいるんだもの！　ふたりも三人もいるんだものっ。ねぇ、どうしてお母さんにだけ孫がいないの!?　今までずっとお父さんに尽くして、アナタのお世話だって頑張ってきたのに、どうして私だけ、こんな目に遭わなきゃいけないのっ」

　子供が駄々を捏ねるように、みんなが持っているから私も欲しい、と叫ぶ母に、杏子は呆然とした。杏子は幼い頃、クラスの友達が持っている幼児用の色付きリップクリームを羨ましく思ったことがある。高等部に入学したばかりの頃は、みんなが当たり前に持っている携帯電話が欲しくてたまらなかった。だが、お母さん私にも買って、みんな持ってるから仲間外れになっちゃう、とねだる杏子を叱りつけたのは、この人ではなかったか。台所で料理をする手を止めずに、「みんなはみんな、うちはうちでしょう」と杏子の願いを一蹴したのは、この人だったはずだ。

杏子は、泣きじゃくる母に背を向け居間を出た。頭はちっとも働かないのに、体だけはいつものルーティンをなぞる。のろのろと自室に入り、通勤用のジャケットを掛けるためにクローゼットの扉を開ける。その瞬間、あやうく悲鳴をあげそうになった。

黒や灰色、紺色のスーツの中に、桃色のワンピースが吊るされていた。母がひとりで買いに行ったか、それとも取り寄せたのか。

膝の力が抜け、杏子はクローゼットの取っ手にしがみついたまま、ゆっくりとへたり込んだ。

子供の頃から女というだけで、あらゆる場面で容姿を値踏みされた。四十近くなって、ようやくそういう視線から解放されたというのに、今頃になって母は、自分を婚活オーディションに引っ張り出そうとする。女らしくふんわりとした、男に媚びるための装いで。杏子のためではなく、杏子の産んだ子供を、自分の腕で抱きしめるために。

だめだ、やめろ、と胸の内で叫びながら、杏子はクローゼットの奥に手を伸ばす。そこには杏子のお守りが入っている。古いボストンバッグのファスナーを開け、ひっくり返して逆さに振ると、カラフルなパッケージのスナック菓子が、いくつも膝の上に落ちる。袋を裂き、手が油で汚れるのも気にせずに、杏子は鷲摑《わしづか》みにしたものを口に詰め込んだ。一袋、二袋と空にしてゆくうちに、咀嚼する顎が疲れ、スナック菓子の濃い味に舌が痺れてくる。こんなに暴食するのはいつぶりだろう。ああそうだ、一年前の観送迎会の夜だ。定年で辞める教師に尻を撫でられ、咄嗟に手を振り払った杏子に、相手は「キャッ、だって。相田先生も可愛い声を出すんだ」と笑った。

「たまには女性扱いしないと、逆に失礼かと思ってさ」とも。触られた感触よりも、あの言葉と、あの顔と、彼に同調した周囲の笑い声が、未だに耳にこびりついている。

胃からしゃくり上げるような感覚に、杏子はトイレに駆け込んだ。便座にしがみついて嘔吐する杏子の耳に、居間のテレビの音と、母の笑い声が聞こえる。

ああ、あの頃と同じだ。生徒時代、トイレの個室でうずくまり、楽しそうな外の声から耳を塞いでいたあの頃と、何も変わっていない。誰も私を愛さない。

嗚咽と共にまた吐き気が込み上げ、杏子は便器に顔を突っ込んだ。胃液と涎《よだれ》が混ざったものが顎を濡らし、糸を引く。

誰にも愛されず、誰からも顧みられない。だがそんなことは大したことじゃない。問題は、杏子自身が、自分を愛せないことだ。

それが何より、一番応えた。


翌日も杏子は、いつものように家を出た。この文化祭だけは乗り切ろう、と思った。その後は三日ほど休みを取り、母からも学校からも離れ、東京近郊を旅して心のバランスを取り戻そうと自分に言い聞かせた。だが現実は、ちっとも杏子に優しくない。

「永原君、どういうこと……？」

問い詰める声が震える。職員用のロッカールームで、杏子は永原と対峙していた。永原が開きかけているロッカーの扉の隙間から、職員室のデスク同様雑然とした中身が覗いている。詰め込まれたジャージや教科書の間から、光沢のあるショッキングピンクの生地がはみ出しているのが、はっきりと見えてしまう。

「それ、倉橋さんのステージ衣装でしょう。どうして永原君が持っているの？」

裏方の生徒達が手作りし、ようやく二日前に完成させた衣装だ。教室に保管しておいたはずだが、今朝になって、倉橋美月のものだけが消えていたのだ。

『誰がやったの!?　マジで犯人、許さねぇからっ』

激昂したのは早乙女莉愛だ。割り当てられたパフォーマンスの時間は刻一刻と近づき、まずは衣装を見つけようと、生徒達は散り散りに教室を飛び出した。そんな中で杏子は、永原がやけに落ち着かない様子で、職員用のロッカールームに入ってゆくのを見てしまったのだ。気が小さい犯人は必ず自分が盗んだ物の隠し場所を確認しに行くはずです、と宣《のたま》っていたのは誰だったか。

ああそうだ、母が楽しみにしている二時間ドラマで刑事役を演じている俳優だ。

杏子の詰問に、永原は掠れた声で、もういいです、と呟く。ただでさえ生白い顔が、真っ青になっていた。

「もういいです。俺が、女子高生の服を盗んだ変態教師ってことで、いいです。俺、もう教師をやめますから」

「そういう問題じゃないでしょう！」

思わず声を荒らげてしまい、杏子は慌てて口を噤んだ。校庭では、他のクラスのパフォーマンスが始まっている。歓声や音楽でうるさいくらいだが、校舎のあちこちを探索している二年B組の生徒達が、すぐ近くにいないとも限らないのだ。ぎりぎりまで声を落とさなくてはいけない。

「とにかく、すぐに倉橋さんに衣装を返して、まずはそれから――」

杏子は手を伸ばし、永原の私物の中に押し込まれている美月の衣装の端を掴んだ。力を込めて引っ張ると、永原が、あ、と声をあげる。杏子の手に、いやな感触が伝わった。

「……相田先生のせいじゃ、ないっすよ」

真っ二つに裂けた衣装を手に立ちすくむ杏子に、永原は慰めるように言う。

「ここ、前身頃と後ろ身頃を合わせる部分が、ミシンじゃなくて、弱い仕付け糸で手縫いされてるんです。倉橋の衣装だけ。短時間着る分には問題ないかもしれませんけど、ダンスを踊ったり強い力で引っ張ったりしたら――」

永原の声が、遠く聞こえる。少女達の想像以上の悪意に、眩暈《めまい》がした。だから倉橋美月の衣装を隠したというのか。だがそんな、その場しのぎの方法では、何の解決にもならない。せめてもっと早く、ここまで事態が悪化する前に相談してくれれば――とは思うが、それも言い訳に過ぎない気がした。杏子はずっと、早乙女莉愛に――いや、クラス全員の倉橋美月への態度に、違和感を覚えていた。それを永原に訴えながらも、自ら先陣を切って介入することはしなかった。倉橋美月に向き合うことは、過去の自分に向き合うことでもあったから。

「相田先生。俺、高校の頃、半年くらい不登校だったんです」

唐突な打ち明け話に面食らう。永原の長い前髪の下の目は、焦点が定まっていなかった。杏子ではなく、このロッカールームのどこでもない、遠い場所を見つめているようだった。

「きっかけは、今思うとつまんないことですけど、一度家に閉じ籠ったら学校に行くのが怖くなっちゃって。でも当時の担任が一生懸命励ましてくれて、なんとか卒業出来て、大学も受かって──だから俺は、その担任みたいな教師になりたいって思ったんです。真っ直ぐ進んできた奴にはわからないことが、俺にならわかるんじゃないかって。昔の俺みたいな奴の気持ちに、俺なら寄り添えるんじゃないかって」

「あのね永原君、そういう話はあとでゆっくり聞くから、今はまず──」

「なのに、何やってんだ俺……陽キャにばっか愛想笑いして、自分がターゲットにされないように振る舞うだけで精一杯なんですよ。自分を守ることに必死で、俺は全然、初めにやりたかったことができてない」

永原の濁った目が杏子をとらえる。ふらりと一歩近づかれ、上履き用のローファーを履いた爪先が、すっと冷たくなる。

「俺はどうすればよかったんですか？　だって、周りの生徒達は、美月は可愛い、癒される、天使だ大好きだ、うちらの姫だって囃《はや》し立てて──それを、どうやって止めればよかったんですか？　俺は他の生徒に何て言えばよかったんですか？　嘘をつくな、思ってもないことを言うな、普段ＳＮＳの裏アカで吐き出してるようなことを言ってみろって、怒鳴りつければよかったんですか？」

永原は、杏子にスマートフォンを突き付けた。そこに並んでいる名前も、アイコンと呼ばれる小さな画像も、杏子にとっては馴染みのないものだ。だが、書かれている遠慮のないからかいの言葉には、いやというほど馴染みがある。

「相田先生、俺は倉橋に、なんて言えばよかったんですか？　姫は姫でも、お前はＸＬサイズのお姫様だよって、正直に言ってやればよかったんですか!?」

永原の叫びに、小さな金属音が重なる。ドアのラッチが外れる音だ。

半分ほど開いたドアの隙間を、少女の大柄な体が塞いでいた。廊下の窓から差し込む光が逆光になり、少女の顔は見えない。杏子は一瞬、あの頃の自分が佇んでいるような錯覚に陥った。それくらい、彼女のふくよかな体のシルエットは、かつての杏子にそっくりだった。

「永原先生、どういうことですか……？」

倉橋美月の声は、こんなときでも美しく透き通っている。永原は青い顔のまま、何も言わずに立ち尽くしている。美月の後ろから、大きな溜息が聞こえた。早乙女莉愛だ。

「あーあ、やっぱり、ながやんだったか。怪しいと思ったんだよね」

細い体で美月の体を押しのけ、莉愛はつかつかとロッカールームに入って来る。すでにステージ衣装に着替え、いつもより派手なメイクをした莉愛は、玩具売り場の棚に並んだ着せ替え人形のように可愛らしい。ひらひらしたミニスカートと丈の短いトップスが、彼女のスタイルの良さを際立たせていた。

「ながやん、余計な事しないでよ。マジで萎える」

莉愛は永原を睨みつけると、杏子の足許に落ちたままの、美月のステージ衣装を拾い上げた。

彼女の体の三倍はあろうかという衣装を、ことさらにゆっくりと、わざとらしく広げてみせる。

「あー残念。美月がこの衣装で、ステージで踊るところが見たかったなぁ。きっと、めちゃくちゃ盛り上がったのに。でも美月は、ながやんを責めちゃだめだよ。ながやん、美月が私達と一緒にステージに立つところ、見たくないって。優しいから、見てられないいいってさ」

莉愛は、飽きた玩具を手放すように衣装を放った。

「残念だけど、今日は八人で踊るしかないね。あー残念。美月が抜けた穴、すっごーく大きいからなぁ。私なんかで、埋められるかな？」

莉愛はそう言って肩をすくめると、ウェーブのついた毛先を揺らして微笑んだ。そのまま出て行こうとする莉愛の腕に、杏子は咄嗟に手を伸ばす。

「早乙女さん、こんなことをして、ただで済むと思ってるの？」

「うるさいなぁ。停学でも反省文でも、好きにすればいいじゃん。私だって、最初はここまでする気じゃなかったよ」

「じゃあ、どうして」

「だから私は、身の程をわきまえないブスもデブも、許せないんだってば！　先生だって、そうなんじゃないの？」

莉愛は引き攣った顔で言い捨てると、杏子の手を振り払い走り去った。息が詰まりそうな沈黙のなか、杏子はおそるおそる美月に歩み寄る。

「倉橋さん、あのね、私も昔、この学校にいたときに……」

とにかく何か言葉を掛けなくては、と口を開いた瞬間、美月が、ぱっと顔を上げた。その顔には悲しみも怒りも見当たらず、もちろん涙も光っていなかった。

「なるほど。そういうことかー」

美月は胸の前で腕を組み、小さく頷く。全く悲愴感のない様子に、杏子も永原も、ぽかんと口を開けた。

「確かに時々、莉愛ちゃんの言葉にカチンとくることはあったんですよ。莉愛ちゃんが可愛いから、自分がひがみっぽくなってるのかなって、密かに反省してたんですよね。でも、やっぱりちゃんと悪意があったんだ。よかった」

「よかった……?」

目を剝く杏子の前で、美月はくるりと踵を返す。

「倉橋さん、どこに行くの」

「ステージですけど」

振り返った美月は、きょとんとした顔をする。

「ひとりだけ制服で目立っちゃうけど、仕方ないですよね。私、踊るの得意なんです。いつもはみんなに合わせて遠慮してたけど、この際だから今日は、本気を出しちゃおうかな」

「待って、そんなことしたって――」

「相田先生も私のこと、見てられないですか？　永原先生とか、うちのパパとかママみたいに、みっともないって思いますか？　こんなに太ってるのに、短いスカートを穿いてお洒落を楽しんで、好きなものを食べたいだけ食べて好きなように振る舞って、あんたなんかデブのくせにって、頭にきますか？」

何も答えることができない杏子を見て、美月はきょろりと黒目を天井に向ける。

「わかんないなあ。莉愛ちゃんなんか小枝みたいに痩せてるのに、我慢ばっかりして苛々して、毎日手のひらにおさまるくらいの小さいお弁当箱を持ってきてるんですよ。それでいて、私がおやつに買ったカツサンドを頰張っているのを見ると、すごく物欲しそうな顔で涎を飲み込んでて……本当に可哀想。相田先生だって、いつも地味な服装ばっかりですけど、どうしてあのニットみたいなのを着てこないんですか？　試着してたピンクのワンピースだって、正直あんまり似合ってなかったけど、先生が好きなら、着たらいいのに」

美月は心から不思議そうに首をひねると、軽やかな足取りで廊下を走っていった。


息が上がる。苦しい。もう高校生じゃないのに、学校指定の上履きじゃないのに、廊下を走るローファーの爪先が涙で滲む。保健室のドアを開けると、乾いた風がカーテンを大きく巻き上げていた。

「あんたのそういう顔を見るのは、久しぶりだな」

窓辺に佇んでいた西条が笑う。からかうような口ぶりのわりに、なぜだか西条も鼻の頭を赤くしていた。

「ほら、こっちに来な。特等席だよ」

手招きされ、杏子も西条と同じように窓辺に立つ。二階の保健室から、校庭に設置された野外ステージを見下ろすことができた。観客が沸きたつなか、一番輝く場所で美月が踊っている。

「――早乙女、莉愛は」

「さっきまではセンターで、ぎこちなく踊ってたんだけどさ。転入生が乱入して、バーンッて早乙女を弾き飛ばしちゃったんだよな。あの子、尻もちついて呆然としてたわ。それで、不貞腐れてどっかに行っちゃったよ」

観客が大きくうねり、音楽に合わせて手拍子を始める。制服姿の美月は、うしろの七人の生徒をバックダンサーに変えていた。ああ、あの笑顔だ。初めて会ったときから、受け入れられなかった。堂々と屈託なく笑うあの子が、憎たらしくてたまらなかった。杏子も、そしてきっと早乙女莉愛も、あの子の眩しさが憎くて、羨ましくてたまらなかったのだ。

「はー、あたしは自分が情けねぇよ」

照れ隠しなのか、西条は芝居がかった仕草で首を左右に振る。

「ミスコンの撤廃を！　なんて頑張ってみてもさ、本当は、何も変わりやしないって気付いてたよ」

西条はティッシュボックスに手を伸ばし、大きく音をたてて洟をかんだ。

「この前、娘の家に泊まった夜にさ、孫娘が自分の顔に、マジックで落書きをしちゃったんだよね。勿論《もちろん》娘はカンカンで、孫はわんわん泣くし、収拾がつかなくなっちゃってさあ」

西条は人差し指で、自分のすっきりとした一重瞼をつついた。孫娘は両瞼のフレームに沿わせるようにして、油性マジックで二重の線を引いたのだという。

「『お人形さんと一緒にしたかっただけだもん。どうしてバアバとママと私の目の上には線がないの？　こんなの全然可愛くない！』って、ギャン泣きだよ」

その人形は、西条が孫娘に贈ったものだという。デパートの玩具売り場の棚にずらりと並んだ人形は、みなどこか似ていた。小さな顔に、ぱっちりとした大きな瞳。瞼には二重の線が描かれ、手も足も折れそうなほど細かった。

「あたしはそのとき、一番可愛いと思った人形を選んだんだよ。孫を喜ばせたかったからさ。でも可愛いっていうのはさ……」

「わかりますよ」

最も正解に近い顔、だ。着せ替え人形も映画のプリンセスも、変身して戦うアニメのヒロイン達も、みな正解をなぞった顔をしている。少女達は幼いころから、そういうものを当たり前に浴び続けるのだ。

「あー、やっちまった、と思ったよ。あたしも根っこのところでは、ミスコンを審査する奴らと変わらないんだよ。老害だよ、老害」

「それを言い出したら、地球上の大半の人類が老害ですよ」

「違いねぇ。じゃあ、あの転入生は何だ？」

「……宇宙人？」

杏子の言葉に、西条は手を叩いて笑った。

「あんたも冗談を言うんだ。宇宙からきたお姫様、か？　いいねぇ、あの調子で、どんどんこっちの頭を侵略して欲しいね」

ちっとも冗談などではない。杏子は濡れた頰を手のひらで拭った。西条も洟をすする。

「永原の馬鹿、見てるかな」

「どうでしょう。さっきまで、教師をやめます、なんて言ってましたけど」

「簡単にやめるなんて言う甘えた奴は、案外長続きするんだよ」

いつのまにか音楽は終わっていた。観客の手拍子と歓声はやまず、アンコールの合唱が始まる。眩しい光の中、美月がひとりでステージに躍り出る。飛び散る汗が、制服姿の彼女をきっときらめかせているだろう。

彼女のダンスが終わったら、迎えに行かなくてはいけない。もう取り壊された旧校舎の、薄暗いトイレでうずくまっている自分を。この手でドアをこじ開けて、外に連れ出してやらなければいけない。

観客がどよめく。倉橋美月が、信じられないほどの軽やかさで跳躍する。ははっ、と西条が笑う。こんな場所で、若くはない女ふたりが並んで涙ぐんでいる姿は、きっと滑稽だろう。それでも杏子は、もう恥ずかしいとは思いたくなかった。

【初出】　小説すばる
「あなたのママじゃない」二〇二〇年一〇月号
「BE　MY　BABY」二〇二一年五月号
「デイドリームビリーバー」二〇二一年一〇月号
「ビターマーブルチョコレート」二〇二二年二月号
「まだあの場所にいる」二〇二二年八月号

【装幀】　高橋健二（テラエンジン）
【装画】　春日井さゆり

古矢永塔子（こやなが・とうこ）
1982年青森県生まれ。弘前大学人文学部卒業。高知市在住。小説投稿サイト「エブリスタ」にて執筆活動を行い、「恋に生死は問いません。」を改稿・改題した『あの日から君と、クラゲの骨を探している。』でデビュー。2019年「七度洗えば、こいの味」で第１回日本おいしい小説大賞を受賞し、『七度笑えば、恋の味』と改題し刊行。他の著書に『今夜、ぬか漬けスナックで』がある。

ずっとそこにいるつもり？

二〇二三年一〇月三〇日　第一刷発行

著　者　古《こ》矢《や》永《なが》塔《とう》子《こ》
発行者　樋口尚也
発行所　株式会社集英社
〒一〇一-八〇五〇　東京都千代田区一ツ橋二-五-一〇
電話　〇三-三二三〇-六一〇〇（編集部）
〇三-三二三〇-六〇八〇（読者係）
〇三-三二三〇-六三九三（販売部）書店専用
印刷所　ＴＯＰＰＡＮ株式会社
製本所　加藤製本株式会社

ISBN978-4-08-771848-5　C0093
定価はカバーに表示してあります。